Peter Nanninga

Een Mark sünner Wark

AF144056

Impressum:

ISBN 978-3-7357-1267-7

1. Auflage
© 2014   Peter Nanninga
                 Uplewarder Ring 1
                 26736 Krummhörn
Titelfoto und andere Bilder:
Wilhelm Henning

Herstellung und Verlag:
BoD - Books on Demand, Norderstedt

Peter Nanninga

Een Mark sünner Wark

De Welt hett sük dreiht, nix holt Stand. Van Bergmann sien Möhlen steiht vandaag blot noch de upmürt Unnerbau.

Vörwoord

Daar is dat nu – dat darde Book van Peter Nanninga ut Plewert!
Van Harten dür ik hum, aver ok de Leserinnen un Lesers to disse darde Wark graleern.
Peter Nanninga is Oostfrees dör un dör un noch mehr Krummhörner.
Mit sien Döntjes un Vertellsels nimmt he Jo weer mit up de Reis' dör uns oostfreeske Landskupp.
Mit Liev un Seel, mit Hart un Verstand un ok immer mit 'n lüttje Knippoog.
Na „Störm sünner Wind" un „Stünnen sünner Tied" heet dat darde Wark „Een Mark sünner Wark".
Leest Jo dat Book dör un stiegt in, in uns moje Oostfresenland mit Döntjes van een Plewerder Jung, de al so völ för uns plattdüts Moderspraak daan hett.

Peter Nanninga – besten Dank för dat moi Book.

Krummhörn, in d' Juni 2014

Frank Baumann
Börgmester van't Krummhörn

De Schriever, Peter Nanninga, in oll Plünnen glumt he unner
sien Mütz weg.

Een Woord vörweg!

Mitunner waar ik fraagt, wo ik de Woorden binanner krieg. Ik verklaar dann, dat ik in mien Warktied immer unnerwegens was un bi völ Lü leep. Kwamm ik d' rachter, dat de een of anner 'n utnehmend pläserelk Aard an sük harr, dann funkde dat in mi. Ok hett ja elk 'n raar Sied, de wi geern verbargen. Waar ik de gewahr, dann bün ik Für un Flamm, schriev mit Liev un Seel un holl dat up mien Aard un Wies fast. Sweven mien Gedanken eerst in de Wulken, dann will ik daar ok wat van hebben, bün heel weg un laat mi neet jagen. Umdat ik geern kört Vertellsels schriev, hebb ik lang Wark, somit komen mien Staalkes neet van 't Band. An disse Stee much ik mi van Harten bi mien Gudrun bedanken, de mi freeimodig de Tied leet, ja, se hett völ för mi un de plattdüts Prootwies over.

De Biller knipsde Wilhelm Henning, de nett as ik in d' Krummhörn geboren un verwuddelt is. Siet Jahrteihnte is Willi 'n Geleidsmann up uns Padd, waar mien Gudrun un ik immer up ankunnen.

De Fotos för „Een Mark sünner Wark" hett he in uns Kontrei upnohmen un mit Geföhl an d' Computer to sinnelke Streekschraffuren umarbeid. Up de Wies kreeg ik 'n heel Pack oostfreeske Motiven in d' Fingers un kunn utsöken. Heel blied bün ik, dat Wilhelm Henning dat Book mit sien moi Biller utstaffeerde un so mien Vertellsels ofrunnen kunn.

Völ Pläseer wünskt

Peter Nanninga

Nahbers Kinner

Annerlesdens, as de Kinner inschoolt wurden, do full mi in, dat uns Nahbers, in de 50er Jahren, 'n heel Koppel Kinner harren. Ik kwamm as lüttje Bötel noit in d' Kniep un harr immer well to spölen. Besünners good kunn ik mit Erika, dat was de Middelste un domaals al 'n heel'n Hellhaak. Ok van d' Oller passde se best to mi. Man dann wurr Erika sess Jahr un muss na d' School. Ik was 'n spier junger un dürs noch 'n Jahr spölen.

Bit to de Tied reep ik slichtweg over Nahbers Schütt, wenn ik spölen wull: „Eerkaar! Eerkaar!" Meest kwamm dat Wicht dann buten Dör, man nu was dat anners worden. De Fensterhängen kraakden un dör 'n Gliev reep uns Nahberske:
„Erika is mit Annette un Renate na d' School!" Bedaart schoof ik of un quengelde in Huus: „Oma! Wat nu?" Oma lachde: „Du lüttje Schiethack, Nahbers hemmen doch noch mehr Kinner." Een Settje later stunn ik weer bi d' Poortje un bölk: „Nahbers Kinner! Nahbers Kinner!"
Do kraakde dat Fenster van nejen un de Nahberske reep reselveert: „Wacht man even! Peta, Hinni un Elfriede komen futt!"

As ik snamiddags van Erika weten wull, wo 't in de School was, wurr ik gewahr, dat een, de Reken un Schrieven lehren wull, Dag för Dag de Schoolbank drücken mutt un neet daarvör weglopen kunn. Erika futerde nämlek: „Dat maakt heelkeen Spaaß, un de Mester see ok noch, ik sall mörgen weerkomen."

Wilhelm Busch schreev al -
Neet alleen dat A-B-C
brengt de Minsken an 'n hoog Stee,
un neet alleen in 't Schrieven, Lesen
übt sük en verstannig Wesen ...

Football-Weltmeister

Up mien Tour dör d' Krummhörn koom ik immer bi 'n Mann, de up 80 Jahr togeiht. Bi de Weltmeisterskupp 2010 harr he am leevsten noch mitspölt, tominnst gung he recht mit, umdat he lang sülvst aktiv was. Sien Tuun harr he mit 'n heel Rieg van Fahnjes bestückt un stunn na dat eerst wunnen Spöl, tegen Australien, mit breed Borst in d' Poort. Ik funn dat heel up Stee, dat de Oll so Für un Flamm was un de Fußball regeren leet.

Man een Week later, as dat Spöl, Dütsland tegen Serbien verloren gung, was keen Fahnje mehr to sehn un de Oll futer: „As uns Jungs neet recht wat wurden un Podolski ok noch de Elvmeter verballerde, hebb ik mien Kaar na Buten smeten un as 't ut was, dat heel Wark oftakelt! Snachts kreeg ik keen Wenk in d' Ogen, wiel ik al daarmit rekent hebb, dat dit Maal de Katt dat Haar to froh utgeiht."

En Loog wieder snarrde 'n Ollske, de al over 90 Jahr is, dat se upblifft, wenn de Dütsen spölen un se meende noch: „Schietegaal wo 't utgeiht, achteran finn ik ok Ruh."

As ik daaruphen van de Mann vertellde, de sien Flögels hangen leet, räsoneerde de Oma: „Dat löv ik futt, Mannlü sünd ja as Sprudelwater, upbrusend un sünner Smack."

Dat was mi neet na d' Mütz

Eenmaal in d' Week koom ik bi 'n oll Daam, na de ik geern gah un neet blot, wiel se ok för hör Nahberske Eier nimmt. Nee, se is van 't fien Enn, dat lüttje krumm Minske. Se was in hör Leven 40 Jahr in d' opentlike Dennst un weet in de Welt Bescheed. Man nu kummt se bold neet mehr alleen klaar.

Dat Minske is blied, wenn ik eevkes rinkoom, umdat hör de Anspraak fehlt, daarbi kann se heel snaaksk wat d'rher maken.

As ik annerlesdens froog, wo 't is, klaag se:
„Ich gefalle mir momentan nicht und auch meine Augen werden immer schlechter."
Wiel ik do weten wull, wo old se egentlik al was, full ik hör ut d' Hand:
„Was, nun kommen sie hier schon solange und das wissen sie immer noch nicht?"
"Nee!", gaff ik to un keek verlegen vör mi daal, man hull doch fast, „hör Oller is slecht to taxeeren, seggens even."
„Wie? Wie alt ich bin? Das ist eine gute Frage", stöhnde dat Ollske, „da muss ich erst rechnen, geboren 1917 --- oh je", reep se do verfehrt, „dann geh ich ja schon ins Dreiunneunzigste!"

Ja, dat word up d' Oller neet beter, de Frau hett 't mitunner binanner, 't is slimm, wenn man bold nix mehr sücht un de leev lang Dag alleen is, man in 'n Heim för oll Minsken will se ok neet.

Mi was dat heelneet na d' Mütz, dat ik mi dat Eiergeld in de lesd Jahren immer sülvst ut hör Knippke nehmen muss. Glückelk riegde sük dat körtens, se hett nu keen Baargeld mehr in 't Huus.

As dat trau Minske sük daarum Sörg over de Betahleree mook, bedaar ik hör:
„Daar denken se man neet overna, de sess Eier kann ik ok bi hör Nahberske inlangen." Do gung Ollske an:
„Auf gar keinen Fall! Nein! Das kommt überhaupt nicht in Frage! Ich will sie doch sehen!"

De sacht löppt up de recht Padd kummt wieder,
as de Fell, de van d' Spoor ofkummt.

12

Wo is 't d'r mit?

Nu hebben de Bomen hör Loov weer ofsmeten un de gele Bladen weihen um de Husen, 't is al recht harvstachtig un de Dagen sünd nattkold un düster.

Güstern Avend hungen mien Gudrun un ik al 'n Settje gemüdelk vör d' Flimmerkast, as dat Telefon sük noch bemarkbaar mook un mi de Hörer toschoven wurr. An de scharp Spraak hebb ik futt hört, dat mien ehrmaals Mesterske d'ran was, de dör de Krieg lössbannig bleven is un nu in Nörden wohnt.

Futt satt ik liekup in d' Sofa un gaff achteran tegenover mien Tüt to, dat ik immer noch Respekt vör dat reesluut Minske hebb, de froger streng mit uns un sük sülvst vörgung.

Bi de Gelegenheid wull ik natürlek weten, „wo is 't d'r mit, Frau Dr.?", un wurr gewahr, dat Ollske dat binanner harr un hör de Knaken sehr deen, umdat se over Dag de Dackgöten schoonmaakt harr.

As ik hör verfehrt verklaren wull, dat so 'n Turneree jawall nix för 'n Frau is, de up tachentig Jahr to geiht, antwoorde se upgebrocht:
„Ich gehe schon auf die Neunzig! Heute Vormittag war ich aber gut drauf und nutzte die Gelegenheit, denn ich hatte einen jungen Mann, der mir die Leiter fest hielt."

Dat geiht wieder ...

Twee, dree Jahr later klingelde de Mesterske noch maal dör un ik wull weer weten: „Wo is 't d'r mit?" Do muss ik hören, dat se over 'n Stapel Boken fallen un wat labeet was. Ik weet wall, dat se keen Book un am leevsten keen Zeitung wegdeit. In hör Wohnen regeert meest de Kuddelmuddel, man anners gung hör dat good. Se was blied, dat hör dat Tosammendragen van Fakten over de Mennisten (Mennoniten) in Nörden mitlopen un nu an d' Sied was. Freei van de Lever froog se, of ik wuss, dat de Evangeelsken al 1544 in Nörden swart up witt dokumenteert wassen un somit to de ollste Gemeenden in Dütsland tellden? Glückelk luurde se neet up 'n Antwoord, un resoneerde, dat 't sogaar 'n Sprökje gifft:

Wenn 't Teewater koken will,
kummt eerst de Tibben hör Sang (ein Summen),
dann de lütterse Bruller (das Brodeln)
un dann dat reformeert Kyrieleis, wenn 't kookt.

Ik murk wall, Mesterske was recht in hör Fahrwater un blied, dat Resultat van dat Naförsken achiveert to hebben. Daarum froog ik: „Dat is hör mackelk to, wa?" „Ja!", reep se, „ich habe die Neunzig doch überschritten und muss damit rechnen, über Nacht mal nicht mehr da zu sein."
Do hebb ik aver mit hör schullen: „Nu hollen S' man up, Frau Dr., Se hebben ja noch 'n open Kopp un klingen heel kregel:
„Meinen sie? Hoffentlich haben sie recht, denn ich müsste ja auf jeden Fall, erst noch aufräumen!"

Froger Buurderee, vandaag n' School.
In d' Vergliek to de Buurderee is dat Lehren doch licht,
man dat Licht, kann ok so stuur wesen.

Dat geiht noch wieder... !

Ik weet nämlek, dat de Mesterske uns vör fievtig Jahr mennig Gedicht up gaff un wenn wi maal up-muckden, dann reep se:
„So 'n paar Verse kann man auf dem Weg zum Bus, frisch drauf los, auswendig lernen."

Nu, nett annerlesdens, vertellde mi 'n Fründin van de frogere Mesterske, dat de 'n tiedlang, wall all Week, hör ollere Süster in 't Krankenhuus besöchde. Elke Maal kreeg de Krank 'n Zeddel mit een Gedicht in de Hand drückt, de se dann to de komende Besök utwennig lehren muss.
As de Mesterske achterum dann van de Beddnah-berske to hören kreeg: „Laten se dat doch, hör Süs-ter is d'r ja man knapp mehr un meest schoon of, wenn se dat Gedicht utwennig lehrt hett."
Do sall se frockt hebben:
„Wann und wo soll meine Schwester sich unsere deutsche Lyrik denn einprägen?"

Een noch!

Umdat mien Mesterske maal mit hör Fründin in Ur-
laub was, un sük in d' Harz een moi Wannerstock
toleggt hett. As se up Bahn do van 'n jung Mann
unner de Arms grepen wurr, indem he de swaar Kuf-
fers drogg, huckselde Ollske swaarfoots mit de Stock
achteran. Daarbi harr dat gaar neet nödig daan.

As se nämlek bequeem, mit Sack un Pack, tegen hör
Fründin in 't Taxi satt, muss se sük fragen laten, wat
dat sull. Do hett de Mesterske seggt:
„Du, ich wollt dem freundlichen, jungen Mann das
Gefühl geben, dass er ein gutes Werk tut."

In dat Spill was immer Leven ...

17

De sük ehrlek will nähren...

Vör Wiehnachten was ik in 'n Huusholl en, waar wi al Jahren Eier levern. De Oll is heel uppassend un fien, man sien Ollske bottert hum faak unner. Hör tegenover is he 'n Pund to licht. Stillkens froog de Mann mi, of ik hum wall een Naihkörv van d' Stadt mitbrengen wull, umdat ja seggt word:
„De sük ehrelk will nähren, mutt flicken, stoppen un minn vertehren."

Nu bün ik neet völ, wenn dat um Böskupplopen to Wiehnachten geiht, man ik wull neet so wesen un stook de 50 Euro in. Besünners wat was de Mann neet verwacht, blot - ik sull mit dat Geld torechtkomen.

Naja, ut annermanns Leer is good Remen snieden un ik kunn so 'n Dingerees updoon. De neei, swartrood Naihkörv harr middenin völ Bott. En Insatz mit verscheden Facken was vull Gereedskupp. An twee Sieden sogaar Stofftasken fast innaiht un een groot Stoppnadelküssen mook dat Spill kumpleet.

As ik daar mit ankwamm was de oll Blood naar blied, dat he wat för sien Ollske achter d' Hand harr un meende: „Good dat du mi mit futthulpen hest, dat is en heel Stön."

Na Wiehnachten was ik weer bi de beid Ollkes in d' Köken. Up mien Fraag, of se moi Fierdagen harren, wunk de oll Baas of un ik murk, dat hum dat Spill to d' Spoor utlopen was.

Sien Ollske sprung ok futt up, wuchde de neei Naihkörv up Tafel un futerde:
„Mien Oll kwamm mit disse moi Körv an un ik was ok blied. Spietelk blot, dat de oll Fent noch bi de Plünnensack seten hett un in de Siedtasken, 'n Rummel van sien utmustert, gaaterg Hosocken fnuukt hett!"

An de Naihkörv mutt ik noch faak denken.

De Lü könen di wall van d' Padd ofbrengen

Mitunner kunn ik uns Jung Wilhelm, as he noch Kind un tüsken Bigg un Swien in was, beproten, in d' Sömmerferien mit mi up Verkoopstour to fohren. Eenmaal, dat kann man sük swinters heelneet vörstellen, was 't naar heet un ik blied, een to hebben, de keen dwars Woord see un mit d'rup daal gung.

In d' Stadt sprung he van sük ut man so bi de Trappens up un overleet mi de Eierkopers, de an d' Bulli kwammen. Unverwachts futer aver 'n jung Frau: „Der arme Junge schwitzt sich ja tot, wie können sie das nur zulassen und mit ansehen?"

Bi de daarna komende Block bün ik 'n Stück of wat Malen, de anto 50 Stufen sülvst up und daal stappt un was ok gau natt van Sweet. Do kreeg ik mit, dat so 'n gries Knacker van Keerl sük kroppke un uns Jung anrüffelde: „Das ist die Jugend von heute! Der Lümmel hängt wie ein Pascha im Auto und lässt seinen Vater laufen!"

Daarum smeten wi dat up Hupen un Blinken, 'n Stück of wat Stammkunden kwammen ok an uns Auto, man 'n drall, poll Ollske hung in de Fensterrahm un räsoneerde: „Hat man so was schon gesehen, zwei Männer die sich ausruhen und ich soll bei der Hitze herunterkommen!"

Na de Leviten dackern wi mit 'n paar Platen Eier, elk in 'n Block, man achteran stunn bi uns Auto 'n jung Vader, mit 'n lüttje Schiet-in-de-Büx, to futern:

„Was soll das denn, ihr seid zu zweit und lasst mich mit dem Kleinen in der Hitze stehen?"

As ik weer mit Wilhelm alleen was, hebb ik mi de Sweet ofwisket un hum wahrschaut:
„Hör wat de Lü tokoop hebben, man richt di daar neet na, de könen di wall van d' Padd ofbrengen, elk mutt sülvst weten, wo he d'rmit an is. Koom her mien Keerl, wi halen uns eerst 'n lecker Ies mit Slag!"

Dat Loog mit Kark un Möhlen, openbaart sük ut de Feernte düdelk.

Hen- un herreten

Dat gifft ja Lü, de wieder denken. Bi even so 'n Mann, mit 'n heel evenredig Natür un 'n open Kopp, koom ik all Week. De Oll maakt neet völ Worden, man sien Menen hett mi al faak gooddaan.

As ik weermaal slecht drup was un mi stuur dee, meende de Oll:
„Word ja seggt, dat de Minske twee Selen in de Borst hett. Ok ik hebb inwennig een leevtallig, good Blood, de neet hebben kann, wenn annerseen wat sehr deit. Mitunner is 't aver hard, wenn de tweede, ik segg maal mien innerlike Swienhund versöcht, dat Ruug na buten to kehren."

Van de grundkloken Keerl kunn ik mi dat eenlik heelneet vörstellen un meende:
„Ik gah daarvan ut, dat dat Good in hör immer de Overhand hett!"
Do simeleerde de Oll: „Van wegen, ok ik mutt de godig Blood sien Gerack geven un de Swienhund immer lüttjet un good in d' Ogen hollen. Löv mi, dat kummt d'r al up an, of du 'n Hund hest, of 'n Hund büst."

22

Slimm wantrauig

Is noch heel neet lang her, as ik in 'n Huus mitkreeg, dat de Lü Schandaal mitnanner harren, tominnst was daar Kibbelee in d' Gang.

De Mann meende, dat up 't VW-Wark stuur to hebben, man sien Frau leet dat kold. Daarbi harr he seker geern, dat se hum maal up de Schuller kloppde un bi hum upkeek. Ok dürs he in lesd Tied neet 'n körl malljagen un smeet hör vör:
„Du büst neet warm un neet kold un verdarvst mi de heel Fieravend!"
Do wull ik de Lü bistahn un verklookfidel hör:
„Leevde kann neet blot van een Kant komen, een mutt anner helpen un tegensiedig wat in de Taske spölen. Ik bün daar achterkomen un weet wo moi dat mitunner wesen kann, na Huus to komen, na 'n Frau, de leevtallig mit di is, Tied för di hett un di mit ´n weken, warm Hand over 't Hart strickt."

Man do was de Ollske eerst recht düll, smeet hör Feegselschüppke in d' Hook, fuchtel mit Stübberke dör d' Lücht un keek slimm wantrauig. Se wull daar overhoopt nix van hören, muss mi avers noch even seggen:
„Wenn hör Proot wahr is, dann liggt dat för mi klaar up de Hand, dat se in 'n verkehrt Huus lopen!"

Frohschicht

Eenmaal in d' Week stunn ik immer mit mien Bulli bi 'n Huus, waar 'n Frau meest elke Week twintig Eier bruken dee. Mit 'nmaal bruukde se dann aver blot noch teihn un dat gung 'n heel Tied so.

Na 'n vördel Jahr froog dat Minske: „Wat denken Se, dat ik blot noch so 'n paar Eier nehm?" As ik do mit mien Schullers truck, leet Ollske sük ut:
„Uns Jung is nu traut un to d' Huus ut. Wurr ok Tied, is ja al over dartig."
As ik do weten wull, of dat in de jung Ehe henhaut, meende se: „De heel Jahren bün ik upstahn, wenn Jung in de Frohschicht muss. Nu is he unner de Haube un sien Frau blifft eenfach liggen."
„Seggens blot", wunner ik mi do, „un wo geiht hum dat of?"
Do brummelde Ollske: „Ik hebb ok docht, wo word dat, man he kummt nu ok na d' Wark!"

Dat Water suust all up Ollskes Stangenovend.

24

Völs to gefahrelk

Uns Moder hett dat wahr maakt un sük, as se 58 Jahr was, 'n neei Rad utsöcht. Up d' Landstraat, do noch ohn' Fahrradpadd, was se anfangs unseker un simeleerde: „Wat doo ik old Minske, bi de Verkehr, wall noch up d' Straat?"

Man Ollske was gau sadelfast, mook mennig Tour mit hör Fründin un ok alleen. Ja, se hett sük sogaar so 'n Dingerees haalt, um Kilometers to tellen un as se 68 Jahr was, weer 'n heel neei Rad. Greetsiel, ok de Eurospar in d' Stadt, kunnen de Beiden mackelk berecken. Mit 78 Jahr was Moderke immer noch so kregel, dat se sük gladd dat darde neei iesdern Peerd hool un ok daar noch völ Pläseer an harr.
As dann eerst Tegenstöten kwammen, was Ollske 88 un argumenteerde: „Ik will dat Radfahren ja noch neet togeven, nee, dann kann ik dat een-twee-dree heelneet mehr!"

As ik hör wahrschaude: „Moder, dat is völs to gefahrelk, dien Ogen sünd ja so slecht," meende se blot: „Wieso?, de Autofahrers sehnt mi ja wall!"

En paar Weken later vertellde se bilopig: „Ik hebb mien Rad wegdaan."
As ik mi wunnerde: „Wo kummt dat nu dann?" Do flüsterde Moder: „So kann blot een fragen, de mörgens, in Düstern, noch neet bi de Messplank upjaggt is."

Koop di Gosen of Schapen,

dann kannst good slapen,

man waar Gosen weiden un schieten,

is dat noch slimmer,

as waar Schapen rieten un bieten.

Neet in d' Luur

Dör de dagelike Trott koom ik um de Middagstied faak bi een alleenstahnt Rentner, de mit völ Smeer 'n leckern Pott kookt. De Oll mag wall 'n Happke, dat kann man hum ansehn. Wat hum an Grött fehlt, hett he an Breddt un Buuk.

Annerlesdens reet de Mann sien Teller gau van d' Tafel, as ik kwamm. Up mien Fraag: „Eten al daan?", see he, „ik harr Sinn an 'n Pannkook."

Do broch ik de Proot up Overgewicht un uns mins-kelke Unverstand, umdat ik dat daar ok mit hebb. De Keerl was rein 'n körl up Tipp treden un reep: „Holl doch up! Du hest ja mehr Buuk as ik!"
Dat wull ik dann doch neet up mi sitten laten un gung tegen hum an: „Dat kann blot een seggen, de sük mit Nau un Nood maal in 'n Raseerspegel bekickt!"
Do dee de Oll 'n depen Sücht un smeet bi:
„Annerlesdens hebb ik 'n Handzeddel bi Sied leggt, daar wurden Personenwaagen up anpresen."
Futt greep he achter sük, wunk mit 'n bunt Bladd un wees up verscheden Waagschalen in all Klören.
„Wat mutt ik wall för een hebben?"

As ik up een wees, de wat dürder, aver ok bit to 180 kg Gewicht uthull un extra grood Tahlen harr, froog de Mann: „Meenst dat?"
„Ja", mook ik düdelk, „dat Ding springt an, wenn Se d'rup stappen, stellt sük van sülvst weer ut un geiht van hör Punden neet in d' Knejen!"

Na twee Week kwamm ik weer bi de Oll un wunner mi, dat he midden in sien lüttje Köken, allmanto up 'n nagelneei Waag an 't balanceren was.

As ik weten wull, of he mit dat Dingerees torecht kwamm, was de Mann heel bedaart un froog mack: „Kannst du wall even kieken? Ik hebb mien Rügg al bold to d' Lidd ut. De Tahlen sünd twaar groot genoog, unner mien Buuk krieg ik de aver neet in d' Luur."

Wenn so 'n oll Huus vertellen kunn!

In Oostfreesland is 't am besten

In Urlaub fohr ik neet geern, holl völ van uns lüttje, ruug Welt un mag nargens lever wesen. Dat maakt mi nix, wenn dat Weer tuusterg is. Of wenn de Minsken körtof sünd un am leevsten swiegen, daarför kann man avers up hör an.

Dat Neeiste ut de wiede Welt kriegen wie ja mit un mien Gudrun kummt hier ok best torecht, man se is doch blied, up d' Autobahn gau maal in hör oll Heimat, na Westfalen, to komen. Wat mi anbelangt, bün ik al tofree, wenn 'k en körl in 't Internet 'rum stromern kann. Dat heet, hen un her much ik wall to de Minsken hören, de mit de Tied gahn un Kultur hebben, even weten wat d'r geböhrt.
De Baadgasten un uns jung Lü weten Bescheed, düren daar wall up an, sünd in all Saken 'n Enn vörut un komen in de wiede Welt klaar. De jung Generation mit de neei Levensaard, steiht neet still, günnt sük bold geen Slaap un hett de neeimoodske Technik un Elektronik hoog in d' Kopp.
In d' Freeitied bewegen de Minsken sük mit Lüst, hebben hör Vermaak un proten van Wellness, ok geneten se wied un sied up vigelant Aard de Kunst, Musik, Sport un neeiste Modetrends.

Annerlesdens harr mien Duuvke dat weermaal up d' Leven, wull Sönndaags na 't Middageten utflegen un mi mithebben. Mi was aver na de oll Welt, wull mi lever 'n bietje up de Sied leggen un harr an 't Utgahn heel un dall keen Luur. Do fung Ollske an mi up hochdüts to pisacken:

„Du bist unbeweglich wie ein Grenzstein und willst noch nicht einmal mit mir nach Wilhelmshaven, oder Oldenburg!"

Dat wull ik neet up mi sitten laten: „Dat will 'k di seggen mien Wicht! Lesd Week bün ik neet mit na Wilhelmshaven west un vandaag fahr ik neet mit na Oldenbörg. Over Oostfreesland geiht mi nix, hier weet man noch, wat Heimat is un Swiegen heet, hier worr wi noch wack, wenn de Hahn kreiht."

Ollske was anstoken, keek vergrellt un bölkde torügg: „In Ostfriesland leben die Menschen inzwischen auch unbeschwert und sind weltoffen, nur du bist ein bequemer Sofa-Server und zeigst abgestandene, ländliche Manieren und das sage ich dir, den Hahn stelle künftig bitte auf halbzehn!"

Vör Dau un Dag an d' Bootsanlegger.

Trüggeln un Bedeln

In d' Sömmer harr ik dat mit een Frau, de good proten kann, over oll Tieden. Dat Minske is mit dree Süsters un twee Brörs in Plewert groot worden un nett as ik, hier behangen bleven.

„Ja," fung se an, „wenn ik de Kinner vandaag bekiek, de lopen ja sömmer- un winterdaags mit Ies.

Ik denk smaals an mien Jögde torügg, wenn de Ieskeerl sönndaags, bi moi Weer mitunner, up Rad middent in 't Loog kwamm. Wenn he mit sien Klingelklockje Alarm mook, was futt Gedrüs up d' Lohn. Old un Jung kwamm vandag. De Iesverkooper stellde dat Fahrrad up een breed Stänner. Vörn hung 'n witt, holten Back, waar twee Behälters in wassen, een mit Vanillje- un een mit Zuckerlaa-Ies. Kannst du di noch in de Laag versetten?", froog Ollske, „wi mussen ja eerst 'n Settje trüggeln un bedeln un smeten 't tolesd up Blarren, umdat Moder 'n körl Insehn wees. Uns Maam lamenteerde dann, dat wi man nett Leven kunnen un keen Geld för so 'n koll Kraam over was, waar man blot Wurms van in d' Buuk kreeg! Du kennst dat ok ja noch, Peter, Vitaminen wassen blot in Eten, wat wi neet muchen."

De Frau bruukde de Woorden neet söken un vertellde wieder: „Meest setten wi dat aver mit Moder an d' Kant, kregen doch 'n Gröschen un de lecker Verfrisken achteran, leet de Tranen verflegen. Wi wassen ja noch mit 'n bietje blied. Vandaag verlangen de Schiethacken slichtweg. Wenn de jung' Moders na dat Zauberwoord fragen, dann dürt dat Kinnergoodje wall ‚Flotti, Flotti' ropen!"

Van Plewert na Colbörg

Froger gung dat sinnig un sacht to, do kenn nüms Tiednot un Stress un wenn dat up een Reis gung, dann muss dat neet wied weg wesen, ehrder, dat man maal wat anners sach.

Mien Unkel is 1954 na Colbörg, bi Critzem, up anner Sied van de Ems trucken. Eenmaal dürs ik hum mit Moder besöken. Al mörgens up Tied lepen wi na d' Landstraat waar de Omnibus anhull un fuhren na Emden. In de Stadtbus na Petjem reep Moder pläserelk: „Kiek even, man kann neet mehr sehn, of dat een Mann, of een Frau is. Dat deit de Bubikopp un de lang Büx!"
De Fähr leggde al of, as wi in Petjem dör dat Diekgatt stappden, somit drunk Moder in 't Weertshuus 'n Koppke Tee. Ik kreeg een suur Drops, bovendien harr ik Pläseer an 'n gurrende, witt Tuttelduuv. Dat Deerke reep de heel Tied un was in een moi holten Kaast unnerbrocht, de over d' Dör hung.

Een halv Stünn later lepen wi in d' Hafen un wachten up uns Schipp, wat na Moders Weten, al 30 Jahr fuhr. Nadem dat Tuckern van de Dieselmotor nahder kwamm, leggde de Fähr an. Eerst mussen de Lü un twee Autos van Bord, do dürsen wi d'rup. De Overfahrt was wat Besünners, man al na een halv Stünn was 't vörbi mit de solterg Seelücht un wi harren Ditzem to faten.
Na Critzem wassen dat noch sess Kilometer un umdat wi Tied harren, wull Moder na 'n Mitbrengsel kieken. De beid Ladens, harren smiddaags aver

dicht un mi full up, dat de Lü wat anners proten
deen, man heel liekut un frünnelk wassen.

Uns Bus, de sogaar Fensters up Dack harr, kwamm
akkeraat to sien Tied. In Critzem smeten wie dat dann
up 't Lopen. De Unkel was anderthalv Kilometer to 't
Feld in, in d' Hammerk trucken.

Wenn ik noch geern an de Reis torügg denk un
Eenzelheiden weet, dann kummt dat daarvan, dat 't
domaals neet so 'n Gejagg was.

Vandaag suust man as de Blitz, mit Auto over d'
Eems of unner de Eems dör. Ja, dat geiht so fell
van hier na Colbörg un torügg, dat man mitunner
heelneet recht daar was.

Mit Fähr van Petjem na Ditzem schippern.

Water is Leven, aver hett keen Balken

Achter 't Huus, in uns halvwille Tuun, hebben wi 'n Dobbke un ik bün heel weg in dat lüttje Paradies, wenn 'k mit mien Gudrun up de holten Bank bi dat Watergatt sitt. Tominnst deit de Natur uns Gemood good. Dat Water is twaar wat grumsig, umdat de Goldfisken de Grund upmullen, man anschiena is dat natt Element in d' Rieg. De Fisken sitten nämlek achternanner to un springen, dat is 'n Aardigheid. Frötskes sünnen sük up d' Wall un hüppen in 't Natt, wenn wi uns rögen. Sogaar Jäcki, uns Hundje, maakt 'n lange Tung. Filappers un Herenpeerdjes (Libellen) flegen um uns to, stahnt tomaal in d' Lücht un wesseln de Flücht. Ut de Vögelkast over uns krakeelt un piept dat. Will dat regen, dann flegen Swaalvkes deep over 't Water. Mörgens uptied, laten sük al Duven, Aanten un Fasanen sehn, umdat daar immer 'n körl för hör is. Blot, wenn de Reiher sachtjes, mit vörhollen Hals nahder stappt, sitten wi in d' Köken up Sprang.

Annerlesdens hebben uns Kinner un Grootkinner sük anseggt. De Lüttjen sünd dree un een Jahr old un so kwamm de Proot up de Gefahren van so 'n Dobbke. Mien Gudrun meende: „Dann müssen wir gut aufpassen, die Kleinen kennen das ja nicht.”
„Ja", see ik, „Water is Leven, aver hett keen Balken, man daar is Raad up.”

Wat dat anbelangt, bün ik as lüttje Keerlke ok mit Fisk- un Schohwixdöskes bi d' Sloot west un was heelneet bang för de Buusjöd. Stillkens hett Moder

sük domaals ranslierket, mi grepen un so nah mit d'
Kopp an 't Water hollen, dat mien Haar natt wurr.
Giert hebb ik do un galpt: „Dat, dat segg ik an Oma!"
Man Oma stunn achter Moder up de Wall un meende
blot: „Dumpel hum man nochmaal!"

Ik löv, vandaag hollt man de Kinner völs to fell de
Hannen vör d' Moors un unsereen, old un gries, is
immer noch an d' kört Tögel.
As mien Gudrun nämlek d'rachter kwamm, wat ik
vör harr, reep se noch scharper, as anners:
„Wehe, wenn du das tust!"

De Frötskes quarken weer.

De Wiehnachtsboom

Wiehnachten stunn vör d'Dör, waar man ok kwamm, dörgahnsweg harren de Lü dat drock.

Mien Gudrun pleegt ok so 'n Uul, beter geseggt Fimmel, se will elke Jahr sülvst de Wiehnachtsboom utsöken un uns Wohnen gemüdelk maken. Ik kenn dat, alltied kummt se mit en völs to groten Boom an un dann mutt daar weer 'n heel Enn of.

As Ollske verleden Jahr achter 'n Wiehnachtsboom anwull, hebb ik hör wahrschaut, dat de Boom neet in d'Stänner kummt, wenn se weer so een overgrood Ding anschleept. In d'Loop van de Dag, proot mi unnerwegs al well an: „Segg ins, hest du so 'n grood Kamer un is de so hoch unner d'Böhn?"

„Waarum?" frogg ik. Do wurr de Mann ieverg un proot mit Hannen un Foten: „Dien Froo was in Pesum un hett een Dannenboom utsöcht, de blot in 'n Kark paßt."

Avends streek ik um uns Huus, funn aver keen Boom un ik doch, dat man mi wall vernarr hollen harr. As ik mien Gudrun verwunnert froog, of se keen Wiehnachtsboom belopen kunn, meen se: „Der Händler kommt morgen und bringt uns den Baum vor die Tür."

Anner Dag fuhr ok gladd een Auto mit Hänger vör un broch een wunnerbaar Dannenboom. Veer grood Stapp was de lang un tominnst dree in d'Runn. As ik mien Gudrun upklärde, dat disse Wiehnachtsboom twee Jahr ehrder villicht paast harr, reep se heel wies: „Du brauchst den Baum nicht aufstellen, das macht unser Wilhelm!"

Dat Fest kwamm nahder un 't wurr Tiet, dat de Boom torecht maakt wurr. As uns Jung mit Duumstock leep un de Boom van all Kanten bekeek, sprung ik hum bi.

Wi kwammen overeen, dat unnern, van de Stamm 'n halv Meter of un de moi Dann boven ok reell besneden worden muss. Um de Boom dann in d' Kamer to schlepen wassen immer noch dree Lü nödig. An 't Bovenenn een, an 't Unnerenn een un Ollske paßde up, dat wi keen Dörrahms ramponeerden. As wi de Boom mitlevelaa in d' Stänner harren, bunn ik de noch mit een Wierdrahd an d' Gardinenstang fast.

Mien Ollske was tofree un mehr noch as vördeem overtügt, dat se de recht Wiehnachtsboom utsöcht harr. Wi sullen man togahn, ja, bi d' Boom smücken wull se hör Fimmel freei Loop laten.

Unner uns stutzt Wiehnachtsboom hemmen wi moi, fredelke Wiehnachtsdagen verleevt un völ Bliedskupp föhlt. Mien Frau hett uns Kinner un Grootkinner van Harten bekluckt un ok ik harr mien Gerack.

As wi Olljahrsavend nochmaal unner d' Boom satten un dat Für in d' Kamin gemüdelk flackerde, schoot mi de ofsaagt Stamm un de Spitz van uns Boom weer in d' Kopp un ik sprung up.

Een heel Stünn knitterde dat Holt un de drög Dannentacken, mit dat Kattjegold. Funken stoven dör de hele Kamer un de Wind huulde in d' Schösteen, man ik löv neet, dat mien Gudruns Uul strieken gung.

De Tied hett Flögels
un keen Tögels -
Würkelk riek is de,
de keen Uhr in d' Nack hett.

Dat wassen noch Tieden

Vandaag löppt mennigeen mit 'n Hund. Een hett 'n Wach-, de anner 'n Jaggthund, de dard' so 'n lüttje mit Sleifke. Een Minske bruukt Gesellskupp, de anner 'n Grund to keiern.

Ik koom sogaar bi Kunnen, waar de Huusdokter to 'n Hund anraden hett. De Lü sünd lang up Rent, hebben al 'n moi Oller un annerlesdens hör Golden Hochtied fiert. Wat stöterg sünd de Beiden wall, man leevtallig mitnanner un noch good bi Künn. Hör Dokter meende: „Sie brauchen viel frische Luft und einen geregelten Tagesablauf, ein kleiner Hund wäre genau richtig."
Dürs neet lang, do kwamm een van de Kindskinner mit 'n lüttje, swart Hundje an. Eerst hörde daar wat to, de oll Minsken funnen dat Deerke twaar nümig, aver deen sük stuur, eerst na wat Weken kwammen se beter mit hör Baffi torecht. Man seggt ok ja: „Doon deit lehren!"
Dat Deerke stürde gau de Loop van d' Huushollen un was Baas. Besünners dat Ollske much hör Wippsteert vandaag neet weer missen. Nu is Levend in d' Buud un se kriegen all Daag de Loogsstraat unner d' Foten. Koom ik daar upstünds, dann is dat Deer blied un gifft neet ehrder Ruh, bit ik over sien ruug Koppke striek.

Körtens gung dat d'rher, de oll Minsken satten mit hör Hundje vör de Flimmerkist. Dat Dingerees was so luut dreiht, de vibreerde rein un nüms kreeg mit, dat ik achter hör in d' Wohnköken stunn.

Neetmaal de veerbenig Wippsteert harr dat Anklop-pen un mien „Moin mitnanner" hört. All glumen se na de Glotzkast, Baffi lagg tüsken Ollskes Foten un sloog mit Steert. Dann sach ik aver, dat de Oll vör sük daal keek un 'n Snuut truck, as wenn he 'n Tel-ler full Lusen up harr un dat nu up de tweed angahn sull. Sien Frau gluumde stuur liekut, man bölkde do tomaal:

„Wenn di de Film neet ansteiht, dann maak, dat du de Dreih kriggst un loop alleen um 't Loog to! Baffi un ik willen eerst noch dat Enn sehn!"

En Settje later broch Oll mi ruut un frockde:

„Dat wassen noch Tieden, as Ollske blot mi harr!"

De Zegen sünd good tofree.

Een Mark sünner Wark

As in d' Middent van de tachentiger Jahren bi uns de Antahl van Arbeidslosen steeg, hebben de Politikers mit ABM Steden tegenstürt.

Ok in uns Kuntrei gaff dat een Familienvader, de grood Flicken vör de Moors un neet vör de Knejen droog, man de dat fuustdick achter de Ohren harr. De Keerl kunn best sünner Wark to, vermook sük heel Dag wat mit sien Schapen un Zegen un wull heel keen faste Stee hebben.

Eenmaal kwamm he savens noch in Düstern bi uns to Eier halen un klaagde: „Nu mutt ik na Fieravend gladd noch mien Deren versörgen un achter d' Eier anlopen. De Lü up 't Arbeitsamt wassen wall neet utlast un hebben mi 'n Stee towesen. Ik bün nu up Bau, aver krieg 'n Mark sünner Wark."

Domaals muss ik, blot um 'n paar Eier to verkopen, mien Tung in Toom hollen, froog aver noch gau: „Bruken se daar dann nix doon?"
Do spütter de Mann upgebrocht: „Solang de Baas deit, as wenn he mi recht betahlt, solang maak ik hum wies, dat 'k wat doo. Ik kann de Keerl ja neet noch mit futt helpen, de kasseert ja Geld genoog för mi!"

Dat Bladd van mörgen

Mörgens mutt ik immer even in uns Bladdje kieken, will weten wat passeert is. De Reporters könen mi mitunner aver begroten, de mutt dat ja vörkomen, as wenn se in Schnee maggeln, wiel dat bit mörgen wegsmelt, wat wi vandaag swart up witt lesen.

Waar geiht dat noch hen? Annerlesdens overfloog ik vör 't Lechtworden al 'n Bidrag, dat uns jung Lü so good as in keen Dagbladd mehr kieken. De Jögde luurt lever in d' Internet un meent, dat uns Zeitung to minn Klör, unhannig un blot wat för Opas Generation is.

Dat wurr mi düdelk, as ik in Emden, in 'n Trappenhuus, van een jung Fent bold unnersterboven lopen wurr, as he sien Bladdje ut de Breevkaast rieten wull. Entschülligt hett de Brör sük in d' Loop, as he mi up d' Trappen weer inkreeg. Bi de Gelegenheid kunn ik moi even gewahr worden, of he so vergrellt na de friske Lektür was.

„Kalter Kaffee!", wehrde de Jungkeerl of un fuchtelde mit de uprullt Bladd dör d' Lücht. Dann störmde he wieder na boven de Trappen anhoog, man wunk an d' Enn noch gau: „Mein Muttchen ist verrückt danach, ich komme so aber zu meinem Drei-Minuten-Sprint und bringe den Kreislauf in Schwung!"

De Dag d'rup leet ik mi daarto henrieten un kwamm mien Gudrun daarmit, dat in komende Tieden seker keen Zeitung mehr kummt.

De jung Welt luurt ja blot noch daarin, wenn de Backer, of Schlachter sien Waren in dat Bladd van mörgen slaan würr.

Heel baff was ik aver, as mien Ollske dat gellen leet un reep: „Das ist doch bestens! - Was nicht in der Zeitung steht, ist auch nicht passiert!"

Schapen hollen de Plaatsstee moi kahl.

De oll Krankenhusen

In Larrelt kwamm ik immer bi 'n Familie, waar de Frau tolesd alleen stunn, man noch heel resolut was.

Eenmaal futterde se: „Ik bruuk vandaag keen Eier, hebb heel Week in 't Klinik legen, de oll Nooddeenst hett mi snachts hulterdipulter inwesen un ik bün d'r noch man nett weer!"

As ik do nafroog: „Un wo geiht hör dat nu?"

Do jöselde de Ollske: „Dat mutt nödig so wesen, in de oll Krankenhusen doon de ja nix an een, ik hebb gladd de heel Dagen keen Dokter sehn!"

„Wat!", reep ik verfeert, „wo kann dat dann?"

Do meende se heel bedrüppelt: „Daar kwamm blot immer so 'n lüttje, dunkelklört Dokterske."

Elk weet, de neet blind,

wo krank wi trotz de Dokters sünd.

Nüms weet aver daarover Bescheed,

wo 't was, wenn man uns ohn 'Dokters leet.

Leevde wiesen

Nu sünd wi al weer in d' Adventstied un dat ruckt overall smakelk na Sünnerklaasgood un Dannengrön. Würkelk, ik bün ja völ bi d' Padd un annerlesdens dee 'n Ehepaar mi heel liekut kund: „Nee, wi geven uns nix mehr, könen uns 't ja all kopen!" Do wurr mi klaar, dat mien Gudrun doch wat to Wiehnachten hebben sall.

In 'n anner Huus froog man later: „Waarum kieken se dann so düster?"
Do leet ik mi ut: „Hebb noch nix vör mien Frau to Wiehnachten un seh mi daar 'n Gatt mit in d' Kopp. Ik weet neet recht wat 't wesen mutt un of ik 't belopen kann. Egentlik hett Ollske ja wat se bruukt un blot mit 'n paar Blomen mag ik neet ankomen, 'n Book un 'n körl Loop-mi-na hebben Kinner al för hör. Güstern doch ik noch, was moi, wenn wi 'n paar fredelk Dagen mitnanner verleven, ohn dat man sük tegensiedig wat in de Hand drückt, aver verleden Nacht kunn ik daar neet van slapen."

De Huusfrau dee, as wenn se van Bescheed wuss un sloog vör: „Fragen se hör Hart un luren na 'n moi Präsent för hör Frau, dann wiesen se Leevde."

Daarna gung tomaal de Achterhuusdör open, de bit to de Tied up Gluup stunn un de Mann kwamm vandag: „Ik hebb mi to Wiehnachten ok al sturr daan, geev di man 'n Ruck un laat di wat marken!"
Dann kwamm he nahder un see heel bedest:
„Du musst reken, dat dien düster Utkiek un dat

Jöseln, dat Gatt in d' Kopp, de Nacht sünner Slaap, even dat heel Ungemack, al dat Meeste van dat Geschenk is."

De Tied - de flüggt!

Dat geiht up Wiehnachten
un de Dagen rünnen daarhen.
Na all Drockde, nu Bliedskupp un Lücht,
bovendien geiht dat Jahr to Enn.
Hör! Nehm di de Tied, de anners verflüggt.

In Plewert word al lüddt.

De oll Quaad steiht vör de Dör

Jan-Ohm leevde in een van uns Krummhörner Bovenlogen. In sien windscheev Huuske satt he to piepken un leet sük geern verleden Tieden dör de Kopp gahn. In de gemüdelk Köken stook mi maal 'n gediegen Schohleppel in d' Ogen, de sük warm un glatt anföhlde. As de Mann sach, dat mi dat Hackhoorn intresseerde, vertellde he een ut de oll Kist un ik simeleerde bito: „Nu maakt he van 'n Hohnerkötel weer 'n Bouillonssopp."
Gau satt ik aver un lunkohrde mit Nös un Beck un vergatt mien Wark. Oll leet sük achterover in sien Hörn fallen, un openbaarde mi, dat sien Grootfader dat Kohhorn funnen harr, as he Grootknecht in de Meden was. Jan-Ohm betonde, dat daar bi Doodshörn wat neet stimmt hett un de Buur dör Schaa un Schaan lehren muss. De Düvel harr daar boven domaals 'n groten Pott up 't Für, umdat de Kohbuur na sien Smaak was.

„De alleen liggende Hammerk-Plaats, lagg twee Stünnen to de Feld in. Tüskendör wurr man over 'n stuur, kohripperg Kleidrifft over 'n Knüppeldamm un 'n breckfällig Till ledd, waar de Handloop full van Kraihenschiet satt.
De Spoor harr winterdaags keen Grund, daar was neet dör to komen. Een Kattuul daartegen kunn dat Enn in Düstern, mit Stück of wat Flögelslagen berecken, swirrde dör 'n Ulenflüggt man so to d' Schür in un hool sük daar Musen.
De Buur was van Huus ut gliekgültig tegenover Gotts Woord. Mit de Jahren wurr he 'n heel wambannerg

Keerl, de mehr un mehr van 'n frömd Natür ledd wurr. So recht wuss nüms, warum dat all so komen is. Oll Jan-Ohm meende aver, dat de Landmann, as Jungkeerl al vör nix still stunn un sük van dunker Machten verföhren leet.

Wenn de Bomen grood, is de Planter dood.

Um 1875, in Kaiser Wilhelm sien Tied, was dann maal keen Hoornveeh oftosetten. Bi d' Plaats brannden bovendien dör Blitzslag twee Heuschelfen of. De Lü kunnen dat domaals neet faten, dat mit so 'n kört upkomende Grummelschuur, de futt daarna in de Dullert versackde, de rood Hahn in de Heubülten knitterde.

Dör de Mangel in de Gulven wurr winterdaags up de Hammerk-Plaats faak na d' Kollslachter un sien Knechten ropen, de vör de Poorten van d' Stadt een

Ofdeckeree bedreven. Wenn de Schinnerknechten hör asig Wark nagungen un de Kraihen dat drock harren, nögde de Buur de Schinnerbaas.

Dann wees he up de Kökendör, an de 'n ollen Peeriesder verdreiht an een rüsterg Spieker slenkerde. Daar leet he Eten un Drinken upfahren, umdat hum de Fingers na de Kaarten jökden. Egentlik was dat dotieds verropen, sük mit 'n Schinner an 'n Tafel to setten, man de Buur schenerde sük neet.

An de tokommende Vörjahr dee he 'n fixe Frau up un leet sük al in de Sömmer, na dat neei Recht, van d' Börgmester un neet van de Pastor trauen. In d' Achterenn was de reselveert Buurinske nu bi d' Hand un overnamm dat Karnen, wiel 't bi de Maiden faak neet bottern wull. In d' Luur harr se aver neet, dat de swart Dunner sük up de Hammerk-Plaats mehr un mehr breed maken dee un hör Leevste kneep. Van d' Kark wull hör Mann nix weten. De Keerl was mitunner wanstürig as 'n Ackerwagen ohn Dieselboom, lövde neet, dat Unfree teert, un Free uns nährt. Daarför wuss he to best, dat de Quaad wat van Hoornveeh hull un vör sien Dör stunn. De Buur leet sük noch mehr mit hum in, as sien Kohjen na un na an Muulsükde ofgungen. De unminskelke Raad, sien Deren Teerwater vörtosetten, broch de Sükde dann to 'n Stillstand.

De jung Frau freude sük intüsken up wat Lüttjes, wat aver dör de heel Schandalen over d' Kopp gung. Nüms begreep, wo dat nümig Minske bi so 'n Tyrann blieven kunn."

Jan-Ohm settde de Piep weer in d' Brand un vertellde: „Mien Grootvader was een heel stahfaste Grootknecht, de allerwegens up daal dürs. Bang maakt hett he sük aver, as hum mörgens in d' Snee, en sünnerbaar Spoor in d' Ogen full. De Stappen sachen ut, as wenn se ofwesselnd van een Minsken- un een Peerfoot stammden un reten vör een van de Kellerfensters of.

Sünner Nood, röhrt de Katt keen Poot.

An lang, ruug Winteravends, bi düster Maan, wenn up Plaats Breeitied was, satten de Lü in d' Achterköken unner twee Petroliumlampen tosammen. Mitunner feegde de dicker, swart Kater dann aver so fell dör de Kohgroop na buten, dat de Kohderen in d' Stall unrüsterg wurden un brullen. De Peer gallerden bovendien noch tegen de Schotten, de groot Kettenhund huulde un reet sük smaals lös.

De Lü hullen sük dann still, rögden sük neet, um-
dat se wussen, futt kummt weer wat up uns daal.
Eenmaal kraakde de dicke Eekendör, wenn de Klepp
na de mulsterg Gewölbekeller ok verdreiht stunn un
bovendien noch 'n Querstock de Ingang sekerde.
Futt truck 'n Slag nattkolle Binnenwind ut de deep
Düstergang to d' Köken in. De Zogg was so grood,
dat de Petroliumlüchten fluckerden un een daarvan
utgung, umdat dat Glas al lang kött was.
De Lü satten do anto in Düstern, um de grood, groff
timmert Etenstafel to un rögden sük neet.
Tomaal krückelde 'n aarig Gestalt de utwaadt Steen-
treden up, dat Gesicht was blot undüdelk to sehn,
aver up sien Vörkopp satten twee Dwarrels. De Kre-
tür droog 'n griesgrön Lodenjopp un truck een Been
over de rood Stenendeel na. In d' Achterköken huck-
selde he driest um de Tafel to. De oolke Brör gluum-
de ut düster Gaten, over de Schullers van de enkelt
Lü un grimmlaggde fileinig, man see keen Woord.
Dann greep he mit sien haarig Hannen de Nack van
de Buur. De was dat to, as wenn he d' ran löven sull.
Koll Schurren lepen hum as Püttwater over de Rügg.
Eerst 'n raar Gegier ut de Unnergrund mook, dat de
Dunner weer in dat dunker Kellergatt verswunn. Up
Stee floog de nattkolle Binnenwind weer so fell dör d'
Köken, dat de Ofdunstluuk na d' Hill, sük uptillde.

De Buur, sien nümig Frau un de Densten wassen
daar do sowied mit hen, dat hör de Künn stillstunn.
Van Nood bleven se noch 'n Sett stockstiev up hör
Stee sitten. Bi 't Aamhalen was hör dat to, as wenn
de Rök van Pick un Swevel in d' Lücht hung. De
Hitzkopp van Buur rögde sük as eerst weer.

51

He sprung mit Broodmest in d' Fuust up un flöckde, dat de hete Puust hum ut de Hals sloog un vör dat Schienfatt as Wasen to sehn was. Bovendien swullen de Aders an sien Kehl dick an.

De Lü an d' Tafel swaande, dat de gruselk Kretür blot ut de deepste Unnerwelt komen kunn. Dat Hart satt hör vör de Halsbunk, man proot wurr over dat Mallmannsspill keen Woord. Nüms wull dat an sük komen laten, ok anner Dag neet, sogaar de Deren in 't Achterenn wassen gau weer fredelk.

Na de schrickelke Vörfall fluckerde vör de Beddstee, van de Buur un sien Frau, noch lang de Nachtkeers. Dat jung Minske was vertwiefelt un gung hör Mann an, dat he Gott beede, een Streek dör sien Sünn un Schann to maken. Buten reep, van twalven bit een Ühr, all nöslang de Steenuul. In 't Geheel hett de Vörfall de Grobian, up 't Lesd, wall dat Hart ofbunnen. Over Nacht wurr he sotoseggen anner Sinns un gung dat eerst Maal in sük. As dat na Stünnen full Unrüst lecht wurr, dee de Keerl sien Beck aver neet open, stappde bi Dook in Stevelklumpen un mit Pulsstock schünweg, over Sloot un Slenk, na Noordwest. Ut jeder Pölwater keek hum de Düvel entegen un 'n Stück of wat Kraihen flogen um hum to, de noch krakeelden, as he al bold bi 't Loog was. Nu wull de Mann doch mit de Heergott sien Handlanger proten, waar sien froom Frau hum al so lang um trüggeln un bedeln dee, man he blot höhnsk over laggt harr.

Dat Haar full de Buur deep over de Vörkopp, as he natt un achter d' Puust in sien Loog, waar he upwussen was, ankwamm. In d' Achterhuus, bi de Seelenherder un Baas van d' Pasteree, quälde he sük sien

Tüsken Free un Leed, is de Brügg neet breed.

Stevels van de Benen un reet de sluff Wams over de Kopp. Do mook de Pastor de Dör van sien Upkamer open. Eerst overtüggde de Buur sük, dat nüms lunkohrde un settde sük dann up 'n beter Lehnstohl mit Rüggenküssen. Dann broch he vör, wo mall he daar tüsken satt.

,Geacht Pastor! Nu bün ik de Düvel in de Hannen fallen un kann neet mehr för mien Lü un mi instahn. Ik seh in, dat 'k minnermachtig bün un tegen de Dunner keen bietje Buggd mehr um de Arms hebb. Bi uns up Plaats geiht de Düvel um, he hett mi de Stür ut de Hand nohmen un drifft uns in de Engde. Güstern Avend was he d'r in Flees un Blood. Ik hebb sien ruug Pranken an mien Kehl föhlt. De brödd wat ut! Wat kann ik doon? Helpens uns, gevens mi 'n Raad!'

De Karkenmann hörde sük dat gelaten an, schunk de Buur ok 'n Koppke Tee in un drunk in Ruh sien egen Taas ut.

Wahrhaftig, stellde he do fast: ‚De Höll kennst du dann ja al. Over de Himmel sallt du noch wat wies worden.'

Na 'n depen Sücht broch de Seelsörger to 'n Utdrück: ‚Dat is mi neet frömd, dat 't dunker Krachten gifft. Paulus hett al fasthollen, dat de Düvel de Gott van disse Welt is. So wiedof aver, in de Meden, könen de Nerven ok wall mit di un dien Volk up Loop gahn. Sull 't wiss de quaad Geest wesen, de di dat Leven stuur maakt, dann laat di seggen, dat de oll Swart, de tegen uns himmelsk Vader strieden deit, vör elke Dör steiht. Blot, wenn hum een sien Peerd gifft, dann haalt he ok de Rieder. Hör ins! För mi, dien Seelsörger bruukst du keen Nood hebben, ik koom di neet an dien Seelenleven. Anschiena is dat ja dör un dör mit ‚Bloodfinnen' anhaalt. Ik will heelneet weten, wat du utfreten hest, segg de Heer in 'n Gebedd free herut, wat du an Quaad daan hest, dat alleen kann di redden.

Wenn du sowied büst, dann will ik di bistahn un de Woorden ut Gott sien Welt utleggen. Sullt du 'n neei Leven anfangen, nimmt he de Ketten weg un verhelpt di to Gelatenheid un Free. Hest du eerst de Allmachtige up dien Sied, kann nüms mehr tegen di upstahn. Mutt ik mien Schapen dat dann immer weer in 't Geweten schuven?! Laat di van mi an de Hand nehmen. Wies de Dunnerkater, dat du neet bang vör hum büst, umdat du de Heergott in d' Rügg hest. Dat heet, sett immer 'n Breeiteller mehr up d' Etenstafel un legg de oll Fent daar ok 'n Lepel bi!'

Up de doodverlaten Padd torügg, na de Meden, steeg de Dook, dat hellerde up un de Sünn kwamm dör. Um de Buur wurr dat lecht un liggt. Do beet he een för allmaal de innerlike Undögd de Kopp of. Van de gries Kraihen was keen mehr to sehn un in de Watergaten spegelde sük de Sünn. För de Mann is 'n Dör opengahn, waar de good Geest de Bovenhand harr. He sach nämlek in, dat man Bliedskupp för Geld neet kopen, sien Leckerst un Best neet fasthollen un Verdreet un Tegenstöten mit Gewalt neet dwingen kann. Mit eens kunn de Mann sien Frau ok Leevde enttegen brengen. Se kregen sogaar Filappers in d' Buuk un föhlden sük as in d' sövende Himmel. Na 'n Jahr of twee stunn een kregel Stammholler up, un dat Allerbest, de Düvel kunn hör lüttje Jungske nix andoon. In de Meden was de Welt weer in d' Rieg un Bliedskupp regeerde van nu an.

Een Plaats, heel alleen in de Meden.

De good Böskuppen van de Hammerk-Plaats kunn mennigeen in d' Krummhörn neet upkriegen. In de drögfoots Tied satt de Buur sogaar mit sien Frau in d' Kark. He was dankbaar, dat de Heergott hum neet broken, blot bogen harr. Was dat in de Winterhalvjahr natt un störmig, dann truck de Buur sük vör de Karktied in d' Pasteree schier Bovenkleer an un satt alleen in sien Karkenbank.

Nadem drunk he dann bi d' Pastor noch 'n Koppke Tee un froog sien Seelsörger um un dumm. Mit de Tied wurr he demodig, gelaten un tofree. Was winterdaags de Deep fast, well harr dat docht, dann dee de Buur mitsamt sien Maiden un Knechten 'n Karkgang. De Loogslü wussen hör Wunner keen Enn.

De Heergott leet de Landmann un sien Frau noch völ Jahren good tofahrt wesen, umdat hör Stammholler achtern un vörn beslaan wurr un de Buurderee vörstahn kunn.

Ja, wenn Woorden nix nützen, dann lehrt dat Leven", simeleerde Jan-Ohm tolesd, un rookde intüsken kold. „Dat mien Grootfader dat Hackhoorn in Ehren hollen hett, is Bewies genoog, dat he daar achtern, in de Wallachei, noch lang un geern Grootknecht was. Up de Hammerk-Plaats sall an d' Kökendör do sogaar, an Stee van dat Peeriesder, een geelmeßken Krüz hangen hebben. Vör 't Eten wurr immer 'n Gebedd daan, Flöcken dürs nüms. De swart behaart Sapi hett sük wahrhaftig noit mehr sehn laten, wenn de Buur ok all Avend sülvst 'n deep Teller för hum up de grood Etenstafel stellde. So un neet anners is dat domaals up de Plaats, in de Gewesten na Doodshörn, togahn."

Dat was al tweedunker, as ik up 't Huus an wull. In d' Köken, up Deel, frogg ik Jan-Ohm noch:
„Waar is de Düvel domaals dann ofbleven?"
Do räsoneerde Oll sacht:
„Du lövst doch neet, dat de stoven of flogen is! Wenn he nettakkraat neet tüsken uns satt, dann steiht he wiss vör d' Dör."

Ok in't Feld, kummt na elke Avend 'n Mörgen.

En neei Dokter

Na de fett Dagen an d' Enn van't Jahr, strumpelde ik halvweg Januar mit 'n oll Mann to sien Huus in, de nettakkraat van d' Dokter kwamm.

De Oll harrn puterrood Kopp, sien Stemm oversloog sük bold un he verhackstückde sien Frau un mi: „Am leevsten würr ik mi 'n neei Huusdokter söken, een, van Fleesk un Blood, de in d' Welt passt un to leven weet. Ik hebb daar ok nix tegen, wenn so 'n Mann sük maal 'n Grog over de Tung lopen lett un sük bito 'n fein, dicke Zigarr anstekt. So 'n mins-kelke Medikus gifft mi, wenn 'k maal achterut slaa, seker ok wat to!"
As de Oll do van sien Ollske Wind van vörn kreeg, schull he:
„Un dat will ik di seggen, mien Wicht, mientwegen kann de neei Dokter bovendien ok Pläseer an Fraulü hebben un mehr Nüsten warmhollen!"

Karktied

Mit uns Nahberske, de hörs wall weet, kwamm ik swinters, an 'n Sönndagmörgen van d' Kark. De Oma, de twaar al 'n Enn hen, man noch heel beslaan is, mook düdelk: „Dat was ja 'n heel besünner Preken, bold harr ik 't Aamhalen daarbi vergeten. Spietelk, dat blot so 'n paar Lü in d' Kark wassen!"
„Dat is 't ja man nett!", see ik un kwamm daarmit vandag, dat 'k de Dreih mörgens ok anto neet kregen harr.
Up Padd na Huus kwammen wi overeen, dat 't bold neet mehr angahn kann, twee Karken to böten. Ut de Grund un umdat de Verband tüsken de Logen waßt, sall van nu an ja eenmaal in d' Maant mitnanner Kark wesen, maal in Hamswehrm, maal in Plewert.
De Minsken, de mit de Tied gahn, hebben dat drock. Vandaag word ok völs tovöl Lawai boden. Sönndaags sull dat Jungvolk na d' Kark gahn. Neet blot dee, de utslapen sünd. Ok dee, de denken, dat de Kark hör ja neet weglöppt un daar immer noch hengahn könen, wenn se neet mehr danzen mögen. Annersrum is 't ja moi un good, dat de Lü in uns Tied lang up d' Höcht blieven, de Nös in d' Wind hollen, de Hoot up een Ohr dragen un up Rutt gahn könen.
„Daar is wat an!" verieverde Ollske sük, „vanmörgen um 7 Ühr, ik sitt noch up Beddskant un hebb keen Strümp an, do galpt Udo Jürgens al luuthals to mien Radio ut:
„Mit 66 Jahren, ist lang noch nicht Schluß!"

Sönndag

Andacht dör Umkehr
un wat doon wi Gott to Ehr?
De Klock röpt to en froom Woord
wi aver söken Gedrüs
fahren na d' Sport
of jükeln mit Rad
of Auto un Bahn
En Karkgang
is neet up Plaan!

Een de much, dat alltied Sönndag weer,
hett an sien Wark keen Pläseer.

Man well froog daarna

In de 70er Jahren kwamm ik immer bi 'n jung Familie in d' Stadt, de na Fieravend geern mit hör Simca 1000 bi d' Padd was. Opa harr hör dat Auto vermaakt un seggt: „De löppt noch as 'n Lier."
De Moder un dree Kinner lövden, dat se een grood Fangst maakt harren, Vader was daartegen, man well froog daarna.

As de Moder in d' Harvst mit 'n Zwergkanin ankwamm, um de Leevde to Deren bi hör Kinner to mehren, vermoken de sük blot noch wat mit hör Mucki.
Wenn Vader abends glückelk weer 'n Arbeidsdag an de Wall stöt harr, muss Moder hum un hör Kinner eerst beproten, wenn se mit hör Familie up Tour wull: „Wi mutten noch Stroh för jo Kanin halen. Ik spendeer ok 'n Ies!"
So kreeg se de heel Hüttspott in hör Simca un settde sük achter de Stür. De dree Kinner kropen achtern in d' Runksel. Vader satt tegen sien Ollske, he harr keen Führerschien, umdat he in jung Jahren bi de Bundesbahn raakt was.
Dürs man even, do schoov de 32-PS-Heckmotor hör over de Landstraat un de ollste Jung reep: „Holl an Maam, hier gifft dat Stroh!"
Nu muss Vader utstappen un mit de Buur up dat Stoppelland akkerderen, he wull twaar neet, man well froog daarna.
Al na fiev Minüten kwamm he mit 'n dicke veerkantig Strohball up Puckel an. Sien Frau mook de Haube open, daar was aver völs to minn Bott un up d' Achtersitz pass de Ball ok neet. Oll sach sük aver

Raad, snee de Bannen stücken un dat Stroh floog utnanner. Verfehrt stemmde he daarna beid Hannen in d' Sied, wunner sük over de grood Strohbült un reep: „Sowat nömt sük nu Fieravend!"

Man dat hulp all nix, een Deel wnuukde he unner d' Haube, wat Dotten unner de Foten van sien Kinner, 'n paar Plaggen mussen se up Schoot nehmen, un noch was de Bült neet verstaut. Vader fung an, vör sien Sitz un daarup, de Kraam to flejen. Benaut reep de Moder: „Mien Stee musst du aver free laten, ik mutt ja stüren." As de Foor packt un se Gas gaff, doch nüms mehr an Ies. De Kinner satten hento de Hals in Stroh un leten sük schukeln, as up 'n Arntewagen. Mit 'n Maal feeg friske Wind in dat Auto un Kaff stoof hör um de Ohren. De Moder bölkde verfehrt: „Laat de Fensters dicht!" Dat Lüttjeste jappde na Lücht un galpde so, dat Moder anhull un Vader mit hör utstappen muss. As de Familie later bi hör Stadtwohnen söven Sacken vull Stroh stoppen un de Kinner mit Lawai de Kraam in d' Keller sluurden, bölkde hör Nahber:

„Wat is dat för Büleree un well kleit daar so mit Kaff?" Mit Stroh in Haar reep de Vader vör 't Huus noch: „Klook Hohner leggen ok maal in de Branneckels, koom her, wi drinken 'n Koppke Tee!"

Later was de Moder noch stadig maal mit Huulbessem in hör Simca, kunn over dat wambannig Spektakel smüstern un wuss, waar man mit umgeiht, dat hangt an. Heel recht was aver, dat de Familie futt een Auto full Stroh haalt hett. De nümig Kanin bleev nämlek keen Zwerg, nee, Mucki woog later 15 Pund un kreeg Gnadenbrood. De Vader was daar twaar tegen, man well froog daarna.

Boomgeist

Dat is wat Jahren her, do hebb ik een dicke Pappelboom mit Beitel begahn un irgendwennher luur een Gesicht mit open Beck ut de Stamm. De Figök nömde ik Mumpitz un bunn een Riemke up 'n Bredd an de Boom fast. Over Jahren naagt nu al Wind un Weer an de oll Fent un mennigmaal huult, stennt un knackt de dicke Boom unner sien groot Kroon. Dat Spill is intüsken nix Besünners mehr, waar ik daar avers up stöt, mark ik, dat in de Boom Kracht un 'n Seel sitt.

Avends, bevör mi de Slaap up Sofa overmannt, kiek ik meest noch even na Buten. Enn Oktober, as Orkan Christian over uns feegde, stunn mien Pappel mit noch ördentlik Bladdwark full in d' Wind un wurr slimm malträteert. Mi was, as wenn de dicke Boom hen nun her slingerde un sük dreihde. Bovendien stöhnde de Figök un hool hoog Süchten. Wat sull ik maken?
Dör dicht un up Bedd, man ik sleep slecht, umdat 't buten pultern, knacken un puusten dee. Hebb mi dreiht un wältert, wull 'n körl Ruh, man de Gedrüs hull an. Middent in de Nacht krabb ik mi ut de Feren un keek, of de Störm neet bold naleet. So kwamm 't, dat de Wind um mi to was un mien Mütz d'r vandör gung. Ik verfeerde mi, wiel mien Mumpitz neet mehr ut sien Pappel luurde, nee, de satt up Grund un studeerde de Sprökje. Ik wuss neet wat ik daar van maken sull un bölkde tegen de Wind:
„Keerl, wat nu?" Do reep he: „Ik was bang, umdat de Stamm sük rein um mi to wrung."

Heel konfus dreihde ik mi um, muss eerst bi Benüll un over Enn komen, dann de Wecker een up Kopp geven. Later, as 't lecht was un de Störm nalaten harr, luurde ik vörsichtig. Oll Fent was weer in sien Boom, dat Holtschild, aver lagg akkeraat up mien Mütz in d' Gras.

De Kusentreckers

Sünner Kusen, aver mit 'n Köstenvöranslag, kwamm
ik annerlesdens van d' Kusendokter. As ik in Huus
ok noch 'n dicke Wang kreeg, hebb ik mi over de
Aard un Wies, wo de Kusentreckers in froger Tieden
vörgungen, künnig maakt un mutt seggen, 't was mi
mackelk to, dat uns Vörollen ok piesackt wurden.
Vör 1900 kwamm nämlek blot all paar Jahr maal 'n
reisende Kusentrecker in uns Kuntrei. So 'n Keerl
wurr dat Recht to arbeiden tostahn, wenn he ok
Sinns was, Tohnennagels to kniepen un Liekdoorns
wegmaken kunn. Anners gung man domaals mit
Kuuskellen na de hiesige Haarsnieder, man see ok
Barbutz.
In mien Kinnertied gaff 't in Pesem aver al 'n fixe
Tanndokter un ik weet, dat de Mann sogaar in
Hamswehrm upwussen is. Mien Grootvader hett, för
twee Sack Weit, noch 'n heel Gebitt van hum kregen.
Ok mien Ollen, mien Brör un ik begaffen sük in sien
Hannen, ja, de Dokter harr Loop an Huus.
Wat manns was de Keerl ok, as Schoolkusendokter.
Domaals bruusde he up Motorrad vör, namm sien
leren Flegerkapp of, fummelde uns kört mit een hol-
ten Stickje in d' Mund herum un batts uns sien Me-
nen, up platt, vör de Kopp.
Ik weet ok noch, dat mi as hennig Jung, in Pesem,
maal de koll Sweet utbrook, umdat Dokter mi mit
sien groot Hannen de Mund full Gips packde.
As ik bold keen Luft mehr kreeg, bedaarde he mi:
„So, mien Keerl, nu mutt dat even hard worden, ik
koom futt weer."
As utstoppt satt ik pielliek up sien Tramtaterstohl.

För de Suger, um de Spee oftotrecken harr he keen Bott mehr funnen un ik reckde de Hals, umdat mi de Quiel in d' Sluuk un Beck all hoger steeg. Dör dat hoog Fenster kreeg ik 'n Sett later mit, dat de Medikus lösbannig dör d' Tuun, achter sien Villa slenter un mit Gedüld un Nasehn sien Hohner wat hensmeet un Gröns vör sien Kaninen söchde. Do kreeg ik Nood un föhlde mi, as wenn 'k van de Welt muss, was an d' kurkhalsen un jappen, kunn aver neet ropen.

Nett noch up Tied stödde de Dokter de swaar Praxisdör open un reep: „Jung, du sitzt hier ja noch, di hebb ik gladd vergeten."

De Kaninen duken un wachten wat kummt.

Man mutt dat nehmen, as 't kummt

Dör 'n Malör wurden wi mit Nös daarup stöt, dat uns Moder professionell Pleeg bruken dee un kregen glückelker Wies gau een Stee in 't Heim.

Anfangs keek Moder mitunner verdretelk. Dat is ok ja neet mackelk, wenn een dat all ut de Hand nohmen word. Wi versöchden hör to verklaren, dat se dör de neei Umfeld ohn Drüppels, de sozial Kuntakt un een good Pleeg weer up Kluten kwamm.
Annersum, harr se ja wiss noch Pien an hör besehrt Knaken. Bovendien muss se savends, na hör Proten, bold een Stünn wachten, wenn se nochmaal wat quiet worden wull.

As se na wat Weken aver heel blied mit 'n Wagentje over de Etage huckselde, savends tofree in hör Hörn satt un keen Klagen mehr kwammen, froog ik: „Kummst du hier intüsken beter torecht un komen de nu futt, wenn du klingelst?"
Do smüsterde Moder: „Ik nehm 't, as 't kummt un klingel savends eenfach een Stünn ehrder."

Fieravend, man de Hannen dürsen noch neet still stahn.

Heel lecker!

In d' Sömmer, as wi hier van Urlaubers bold un-nersteboven lopen wurden, kwamm ik bi een be-kennt Familie, de wall wat in d' Hand nehmen will.

De stahfaste Mann is best mit sien Bahntje tofree, neet bang för Geruusje un hett bovendien völ mit sien Deren in d' Sinn. He is even dör un dör Buur, ik kann seggen, dat liggt hum. Bewegen, friske Lücht un 'n good Pott Eten runnen sien Tofredenheid of un brengen 't klaar, dat de Landmann, na sien Menen, heelkeen Urlaub nödig hett.

Dit Jahr wull sien Frau aver doch geern maal hör Wark un Huushollen vergeten, sük ok maal teihn Daag verwennen un wat vörsetten laten. Eerst wehr-de de Keerl sük mit Hannen un Foten. As sien Olls-ke aver 'n Dreih funn, dat hör groot Jung un sien Hundje keen Krök leden, leet he sük dat dör de Kopp gahn.

Ja, stillkens overleggde he do, hen un her un mook sien Frau na wat Dagen de Vörslag, dat se sük ja 'n Wohnmobil hüren kunnen un puulde hör utnan-ner: „Dann hebben wi 't all moi bi uns, de Natur um uns to, un sünd immer in friske Lücht. Wi bruken neetmaal an 't Eten gahn, du kookst ja alltied so le-cker!"

Wachten is dat Lichtste un dat Stuurste

Dat was noch wiedhen bit Wiehnachten, do harr mien Gudrun dat in d' Dullert-Center al drock, un as dat leet, vergatt se de Tied. Ik satt in de Passage, waar de Minsken vörbi rünnen un sük de Stemmen overslogen.

Ruugweg 'n heel halv Stünn luur ik al, harr Kribbeln in Arms un Benen un mien Koffje up. In de Gedrüs kreeg ik 'n Frau in d' Luur, de hör blinde Mann in een still Hock, tegen 'n Pieler stellde un bedarend up hum inprootde. Se wull hum de Rummel neet tomoden un verswunn. Do kunn ik de Keerl ja heel freei in d' Oog faten, un wunner mi mehr un mehr, dat de daar na dree Karteers noch so fredelk stunn to wachten. Mi wurr klaar, dat was 'n Mann, as 't wesen mutt, de bleev gelaten un smüster blied. De Wachter kunn nix doon, wurr daar aver keen bietje anners bi. Anschiena wuss de Behinnerde, dat he sük up sien Frau verlaten kunn un dat se heel seker weerkwamm.

Dürs dann ok neet mehr lang, do stappde se brand-gau mit wat Püten up hum daal, namm hör best Hälfte an de Arm un dat Spann trummelde daar van dör.

Later sachen wi de Beiden noch 'nmaal, as se vör uns Auto lang lepen, de Mann drog do heel sörgsaam, een lüttje Adventskranz, in sien rechte Hand.

71

Advent

Kinner kribbeln de
Arms un Benen,

wennher is dat dann sowied?

Feller as uns Lüttjen menen,
hett de veerde Keers sien Tied.

Ok uns Katt harr Treck na dat Adventsgesteck.

Moi klört Appels

Middweg Januar leep ik over d' Wekenmarkt, wull weten waarher de Wind kwamm un wat man wall för d' Eier betahlen muss. En paar Stappen vör mi sluurde 'n oll Bekennde in sien olldaags Plünnen, un ik bleev as Jan-van-Feern achter hum.

De Oll lidd keen Krök, man knickert alltied um elke Cent. Ik kann daar 'n Liedje van singen. He kummt bold neet to sien Loog ut, proot so good as noit hochdüts un in de Geruusje van d' Stadt harr ik hum heelneet verwacht. Up d' Markt bleev he tomaal vör een Stand mit Boomfrüchten stahn un wunnerde sük anschiena, dat 't bi Snee un Ies noch so faste rood Appels gaff.

Dat sach de Verkoper, namm een Frücht un froog hum: „Darf ich ihnen einen leckeren Apfel anbieten?" „Nee, dat laat man!" Avers dann fung Oll sien Künn an to rawauen, un he kreeg de Dreih noch un see: „Nix för Ungood! So 'n moi klört Appel könen se mi tolangen, man anbieten, anbieten do ik de sülvst!"

Stragula

As Kind was ik mit Oma bi hör Brör up Visit, wat mien Grootunkel was. De Unkel was doodgoodig, reegde sük neet liggt up un harr 'n lüttje Huuske in een van de Krummhörner Bovenlogen.
As wi kwammen spölde 'n Enkeljung in d' Köken up Deel. De lüttje Fent was 'n paar Jahr junger as ik un harr noch Keersen unner de Nös.

Oma un de Unkel un Tant wassen in d' Proot, over dit un dat. Oll hull sien Zeitung up Schoot un keek daar tüskendör wall noch maal in. Ik satt, as sük dat hörde, achter d' Tafel un harr Wark mit een dicke Klumpke, de mien Groottant mi tostoppt harr.

Tomaal was daar 'n Dubbern un Kloppen, as wenn well up Holt haude. Dat dürs 'n Ogenblick bit de Tant gierde: „Mien neei Stragula!"
Oma keek heel verfeert. De lüttje Fent satt mit 'n Hamer up Deel un haude up 'n Stück Linoleum herum, wat over een Kokusmatt vör de Kookovend un de Törffatt lagg.
De Grootunkel verburg sük achter d' Zeitung un meende: „Klopp man wieder, mien Keerl, up een Gatt mehr of minner kummt 't nu ok neet mehr an."

Liekut up de Straat

In d' Vörjahr wurr ik in 'n Huushollen gewahr, dat de Huusvader Malesken mit sien Ogen harr un neet mehr achter d' Stür dürs. Promt meende de Mann, dat sien Frau nu na de Fahrschool muss, wenn he froger ok nix van Fraulü achter d' Stür hull.

Na 'n lang hen un her muss sien Ollske hum verspreken, de Führerschien to maken. Dat de Frau daar ördentlik wat mit to doon kreeg, hebb ik mi wall docht.

As se hör Mann na 'n halv Jahr Theorie un anto twintig Fahrstünnen ingestunn, dat se dat Auto immer noch neet liekut stüren kunn, hull he hör bovendien noch vernarr.

Nu kwamm ik annerlesdens daar overto, as Ollske mit puterrood Kopp ut de Fahrschoolwagen kroop un ik froog in d' Loop: „Wo geiht 't daarmit?"

Do futerde se: „Wenn ik de Schien man eerst hebb, achter d' Stür kriggt mi dann nüms mehr!"

Geld is Geld

Annerlesdens kwamm ik bi 'n frisk backen Berufs-
kolleeg, de mit benaut Sweet un rood Kopp over sien
Finanzpapieren satt. De Mann schull: „Beamten un
Stüren, de freten uns up!" Sien lüttje Hundje, unner
d' Tafel, betügde dat kiffkend.

„Daar is wat an", gestunn ik, „wi hebben de Keerl
van 't Finanzamt al dree Maal, 'n heel weeklang, bi
uns sitten hatt. Kann di biplichten, dat de Papier-
kraam en dat Leven stuur maakt, man wat wullt?
Du kannst di ok ja neet to fell lusen laten. Bevör wi
dat mit 't Finanzamt to doon kregen", räsoneerde ik
wieder, „was Schüll noch Schüll un Geld noch Geld.
Vör ruugweg veertig Jahr harr uns de Keerl, van 't
Amt, dat eerst Maal in de Kluven. De lövde immer
dat dübbelte van dat, wat man hum see. Ik weet
noch, domaals was mi dat raar to, as de van Soll un
Haben prootde. Man ik segg di, wenn so 'n Mann nix
uttosetten hett, is dien Wark gau van d' Tafel un de
Welt weer in d' Rieg. Dann is Schüll weer Schüll un
Geld weer Geld."

Um de Dreih to kriegen, see ik betüssend: „Bedaar
di, ik gah nu weer to!", un streek sien Hundje over
dat ruug Fell. Dat Deer kunn de Steert nu neet mehr
stillhollen, hünske vör Bliedskupp un sprung bi mi
up. Spietelk, mien Kumpaan was immer noch neet
good tofahrt un reep:
„Löv mi, an sükse Dagen wull ik ok wall 'n Hund
wesen, dann mutt annerswell för mien Stüren up-
komen."

De jung Rentjee

Jahrin, jahrut broch ik Eier na een Backer, de 'n heel Deel oller was, as ik. De Mann stunn Dag för Dag up Tied in in d' Backhuus, kold wurr sien Ovend noit. De Lü in 't Loog kunnen sük daarup verlaten, dat se mörgens friske Stuutjes un Brood kregen. De oll Pöselpeerd gung alltied liek dör de Welt un krumm dör de Backhuus, overnamm namiddags dann noch de Dennst van sien Frau un stunn achter d' Tönbank. Urlaub satt d'r neet in, umdat sien Kunnen dann Moord moken.

Eenmaal stunn ik nett noch un schreev de Eierreken, as een Kunn vertellde, dat he 'n Dag ehrder, sien lesd Arbeidsdag harr un verofscheed worden was.
De Backer graleerde hum, un meende dann:
„Wi sünd ja bold van een Jahrgang, kunn ik ok man Rentjee spölen un mit Leeglopen dör d' Tied.”
Dat stunn de jung Renter neet an, un he keek minnachtig:
„Mientwegen, man du büst ja al heel Dagen in Huus.”

De linke koll Schuller

Bi 'n Deel van mien Eierkunnen koom ik al Jahr-
teihnte, hebb de Kinner upwassen sehn un worr ok
meest gau gewahr, wenn Enkelkinner up de Welt
komen.

Annerlesdens hörde ik aver van 'n resolut un open
Frau: „Uns Wicht hett vannacht 'n dicke Jung an de
Welt brocht."
Do was 'k baff, umdat ik daar nix van wuss, graleer-
de aver doch.
Een Huus wieder, bi 'n Frau de d'r wall wesen dürt,
stellde ik bedaart fast: „Bün ja heelneet gewahr wor-
den, dat hör Nahbers Dochterke al traut is."

Dat harr ik aver neet seggen dürst, dat Ollske fuch-
tel tomaal mit beid Hannen dör de Lücht, gabbel
un rachde, dat ik tegenproten muss. Nämlek, dat 't
vandaag al bold normal is, wenn Kinner neet mehr
in 'n Eheverhältnis groot worden. Heiraden, blot
wegen de Oog van de Gesellskupp brengt 't ja neet.
Hauptsaak is doch, dat Kind word good versörgt.
„In d' Stadt mag dat wall so wesen!", reep do de
Rachfatt, wees hör kool, linke Schuller un dreih mi
dann de Rügg to: „Wenn Se sük daar man neet ver-
sehn, hier is man noch na d' oll Welt un de friskba-
cken Oma kann man futt na d' Krankenhuus fahren,
dat de Naam fasthollen word, wenn daar 'n Macker
kummt, de dat Kind sehn will."

Van de Welt

Oma, de in mien Kinnerjahren alltied mit mi tosach, wuss hörs wall un leet sük keen Ohren annaihen.
Se hett mi mit grootmookt, muss up hör lesd Lager aver noch slimm lieden.
Moder was twaar bi d' Hand un hett hör pleegt, vör elk in 't Huus was dat aver een heel stuur Tied. De Dokter kunn Oma tegen 't Doodgahn nix geven.

Uplesd hett Oma 'n Woord an Moder fallen laten, wat mi vandaag noch Tranen in de Ogen drifft.
Se simeleerde: „Moi, dat du mi helpst! Man is ok good, dat ik noch 'n Settje lieden mutt, bevör ik inslaap. So kummt Jung daar sacht achter, un sücht in, dat ik van de Welt mutt."

Enn fredelk Fleckje Eer.

80

Mall in de Hacken

In Mai, as dat mackelk Weer wurr, do snejen de Kinner un Enkelkinner weermaal för 'n Dag bi uns in.
Umdat de Lüttjen de Tied neet lang wurr un se 'n bietje van Plewert to sehn kregen, bün ik mit hör dör 't Loog, um de Kark un dann over d' Karkhoff spazeert. Geeske word in disse Sömmer fiev Jahr un Lasse, de twee is, hett ok al dree Winters achter sük.
De Groot harr ik utnannerpuult, dat man daar up Karkhoff Minsken, van dee de Seel al in d' Himmel is, un de wi 'nmal leev harren, besöken un Blomen brengen kunn. Ik meen, man sull keen Tabu-Thema daarvan maken, de Dood hört ja to 't Leven.
Up Karkhoff was dat heel fredelk, de Sünn scheen un de Vögels tirileerden. Eevkes bleev ik noch bi 'n Frau stahn to proten, de mit Geetkann leep un dann de Blomen up hör Manns Grafft goot.

De Lüttjen hüpken um uns to un de naar Fent harr al beid Hannen vull lüttje Flintjes. In een Stück stunn he aver, as de Hamer hoog over dat Karkdack fiev maal an de Klock slog. Geeske tellde luud mit.

As ik do noch 'n paar Woorden mit de Bekennde wesseln wull, wurr dat Wicht bold mall in d' Hacken. Wiss wahr, dat schoot de lüttje Rickster tomaal so an. Dat Kind stampde mit beid Foten vör mi up, truck hör Koppke tüsken de smaal Schullers un spütterde:
„Opa, du nervst! Wo ist denn nun unser Blumenbeet?"

Maal wat anners

Siet Jahren koom ik fredags up Tied bi 'n Heer, de lang al neet mehr in 't Amt is, siens aver wall weet un de ik noit to de Bedd utkloppen höv. De Mann vertellt smaals, dat he de eerst Part, sien Huuswark, al an d' Sied hett. Ik kreeg ok mit, dat „Eten up Raden" nix för hum is, umdat he sien Freeidom hollen will.

As ik do mit Schuller truck un neet wuss, wat ik daar van maken sull, verdeffendeerde Oll sük: „Laat mi doch, ik do ja keeneen wat un dat will 'k di seggen, de Heergott hett uns ja neet in de Welt sett, umdat wi in d' Hörn sitten!"

Ik mark, een eerst Ungemack un dat he nu in dat Negenuntachtigste kummt, gifft de Mann to denken. De Oll weet, dat wi hier keen Verbliev hebben, klautert gau up sien Rad, de al för 't Huus klaar steiht un röpt noch: „Man mutt in d' Gang blieven!"

Annerlesdens mook he sük Sörg over sien Ligusterheeg, de nödig stutzt worden muss un meende:
„Dat was di moi, as ik de noch van Hand sneden hebb un later mit elektrisch Scheer, blot noch so 'n Bigahn. Mit mien Schrittmaker hett Dokter mi dat Wark aver verboden, vanwegen de Magneten. Sietdem mook 'n jung Mann mi de Heeg immer heel akkeraat. Spietelk, dat de nu keen Tied mehr hett!"

Een Week later wees Oll up sien grön Swett un froog: „Wat seggst? Hebb ik de neet nochmaal moi van Hand stutzt?"
Ik mutt seggen, de Heeg leet heel schier. De Senior is immer noch fien un harr de kittig torecht snütt.

As ik froog, of de Aktion neet to stuur was, kroppke
Oll sük un smüsterde:
„Nee, dat was maal wat anners, tüsken mien
Huuswark smörgens un de vörmarkt Rundloop
snamiddags, dör Greetsiel."

Kutters in d' Haven achter Damm un Diek.

Moderseelenalleen

Mitunner waar ik over Kunnen, ok Frünnen, of Lü in
't Loog gewahr, dat de Gedoo mitnanner hebben. Een
föhlt sük raakt, de anner schalt up stuur, de dard
sett sien Stievkopp up un will mit Kopp dör de Mür.
Vergeten un vergeven is anschiena neet anseggt un
mitnanner verkehrt word neet mehr.

Daarto fallt mi een Spill in, wat ik in d' Lehrtied be-
leevt hebb.
Mit een Lehrjung, de 'n Jahr wieder was, harr ik
Kekelee. Wi kwammen neet mehr mitnanner up een
Bredd un bölkden uns blot noch an. Do meen de
Juniorchef: „Gaht vanavend man even na mien Oll
un stellt hum jo Problem vör, mien Vader lett sük
nämlek neet to d' Ruh utbrengen. Ik will nu aver nix
mehr hören!"
Na wat hen un her un 'n körl Tierderee, moken wi dat
savends wahr. De Seniorbaas, de noit völ Woorden
mook, satt in sien Lehnstohl un was heel Ohr. Mien
Tegenspöler fung an, verklaarde sien Menen luut un
düdelk un gung daarvan ut, dat hum biplicht wurr.
Do see de Haupt van de Bedriev:
„Ja, du hest recht!"
Daarup broch ik klipp un klaare Argumenten vör un
meen, dat dat Oordeel eenlik to mien Gunsten utfal-
len muss un de Oll nickkopp ok:
„Ja, du hest recht!"
Anschiena harr de Junior, achter sien Aktenboord,
dat Gespreck mitkregen, kwamm vandag un reep:
„Dat is neet plausibel, wenn een Recht hett, kann de
anner neet ok Recht hebben!"

Do lehn de oll Baas sük gelaten in sien Hörn achterover un meen:
„Daar is wat an, di geev ik ok Recht un nu seht to, dat ji daar weer rutkomen. Lövt mi, de immer Recht hebben will, steiht eens Daags moderseelenalleen."

De Wind achter d' Diek, ruckt na Nünners un Sliek.

Een Duuske hollen

Siet lesd Sömmer geiht uns Enkel, Lasse, in d' Kinnergaarn un kummt daar ok best torecht. Sien Süsterke dürs hum inwiesen, umdat se al twee Jahr ehrder hen kwamm.
Smiddags was de lüttje Fent mitunner möi un duukje dann geern even an sien leev, drall Betreuerin, de hum ok good bekluckert hett.

Eenmaal wurr de liberal Uppasserske vertreden un uns Lasse hull sien Duuske up de Schoot van 'n anner jung Fräulein. Irgendwat fehlde hum aver.
Bevör he ofhoolt wurr sall he nämlek fraagt hebben: „Hast du auch einen Busen?" As de Erzieherin do meende: „Na klar", do hett uns lüttje Jung flüstert: „Kannst du den morgen mitbringen?"

Elk in sien Riek

Uns Wilhelm, de mit sien Familie bi Wilhelmshaven wohnt, hett nu dat Huus boven kumpleet utbaut.
Twee Zimmers wurden för uns Enkelkinner torecht maakt. Geeske un Lasse sünd nu heel tofree. De Spruters hebben elk hör Slapkamer, waar se ok sitten, spölen un een Stee hebben, dat se sük torügg trecken könen.
Ja, ik seh in, dat de Lüttjen hör egen Riek bruken, se sünd beter toweeg un de Ollen komen um enig Arger to. Spölen doon de Kinner ok in d' Wohnkamer un bi good Weer in Tuun, waar bovendien een groot Spölhuuske steiht. Is mitunner ja all neet so mackelk, overhoopt, wenn dat mit de Hür un Baukösten so wiedergeiht.
As wi annerlesdens daar wassen, meende de Lüttjeste, wat uns Stammholler is, heel stolt un strumpel bi de Trappen up, umdat he 't neet ofwachten kunn uns sien neei Riek to wiesen:
„Hier is mein Zimmer und da schläft Geeske, bloß Papa, der muss noch bei Mama schlafen."

Een utdeent Kinnerwagen

In d' Zeitung stunn maal 'n Bericht, over de Vördeel van een Rollator, de mi good gefallen hett.

Do full mi in, dat Moder mitunner vertellde, dat hör Oma un Opa in Groothusen, um 1900, twalv Kinner groot maakt hebben.
As later de Nakomen to d' Huus utwassen, hulp Ollske, wat mien Urgrootmoder was, in Husen, waar wat Lüttjes geboren wurr, of een dood boven Deel stunn, umdat se sük för nix bang mook. Bovendien leep se noch för de Loogstes na Pesem un hool an, wat dat in 't Loog neet gaff. Mitunner kunn hör Rügg aver proten, dann greep se na 'n utdeent Kinnerwagen.
Un nu kummt: In de utmustert Wagen harr se vörn wat Backstenen liggen, so kreeg se bi 't Lopen Stön un kunn de Böskuppen beter befördern. Up de Wies wurr in Groothusen al vör d' eerst Weltkrieg, van een Kinnerwagen, een Gehwagen.

Vandaag sücht man faak oll Minsken up so 'n Aart hör egen Trott gahn. De Rollator maakt een freei Utloop mögelk, dat is 'n moi Dingerees un intüsken gang un geev. To beduren sünd Lü, de, soföl as ik hört hebb, mit so een „Sackkaar" neet lopen willen.

All paar Minüten smitt dat Lücht van d' Fürtoorn 'n Blink over 't Water.

Moderspraak un Vaderland

Vör wat Jahren harren wi Ferienlü ut Westfalen. De Mann was trotz mall Weer best tofree un andaan van Plewert un uns Kuntrei.

Eenmaal kwamm he van 'n Spazeergang, he much nämlek alldaag geern even de Straat unner de Foten hebben, do nög mien Gudrun hum to 'n Taas Tee. Uns Plattdüts begeisterde hum un ok de smaal Paddjes, de lüttje Huuskes, de Kark up de Warf, dat Feld achter d' Diek, dat Water, de solterg Lücht, dat ruug, ostfreeske Weer un uns Fürtorn. „Ja", see ik sentimental, „uns Kuntrei, wat för unsereen Heimat is un waar dat Grönkohl mit Fett un Pinkel, updrögt Bohnen mit dörwussen Speck, Mehlpütt mit Peeren un Knappkoken bi d' Tee gifft, kann ok Bliedskupp un Glück wesen.

Hest Du 'n Kater, eet 'n suur Hereng.

90

Man Heimat heet neet blot, moi un lecker, nee, ok Ungemack, Leed un de Fraag, wat komende Tieden uns brengen. Ik hebb betoont, dat de Moderspraak van egen Aard uns noch Schuren over 't Levend jaggt un dat ik neet to mien Vaderland, de hier alltied nah bi de Himmel is, ut will. Hier wurr ik geboren un döpt, konfermeert un traut, hier waar uns Kinner upwussen sünd, mien Vörfahren un de Plewerders up Karkhoff liggen."

De Urlauber vertellde daarup, dat sien Frau sük neet för dat gewöhnelk Landleven begeistern kunn un hier untofree is. Nett do kwamm de Stadtjer van boven un bekennde ok heel liekut, dat se up dat platt Land neet wesen much un dat pulseerende Leven in de Grootstadt vermissde.
As se aver mitkreeg, dat mien Gudrun ok ut Westfalen stammt, al 45 Jahr in Plewert leevt un eens is mit Land un Lü, do hull se sük still.

Later, hett Gudrun hör wall vertellt dat wi uns Ruhstand ok am leevsten in Plewert verbrengen muchen, do hett se verfehrt ropen:
„Was? – Dann haben sie ja lebenslänglich!"

Elke Lidd helpt mit

Ut oll Papieren wurden wi gewahr,
uns Loog is dusend Jahr!
Veer Generationen, dat is 'n Sett,
hebben leevt un streevt in Plewert.

De Minsken funnen hier an d' See,
best Grund un Freten för 't Veeh.
Se mussen dieken tegen de Flaut,
wassen flietig un hebben baut.

Uns Land wurr grön un saftig,
de Vörfahren satt, 'n paar ok machtig.
Se hebben de Kark baut, dann een Börg,
uns School kwamm later, keen Sörg.

Upstünd sünd wi boven up, man ik erkenn,
wi bilden an de Kedd neet dat Enn.
Sünd een Lidd na dusend Jahr blot,
Gott, help uns Plewert bi Nood.

Peter Nanninga, Harvst 1999

De Baskenmütz

Man draggt wat up Kopp, umdat völ van uns Körper-warmte over de kahl Verstandskast verloren geiht.

Ut even de Grund, kwamm Moder, as ik een Jahr, of twee na de School gung, mit een Baskenmütz an. Dat Dingerees was ut sess Dreehoken in verscheden Klören tosammen naiht. Ik weet neet mehr of de Pult ut Wull of Filz was, man in d' Middent keek so 'n raar, lüttje Stummel, man seggt ok wall Nippel. Uns Mester, ja, de harr so 'n Kapp mitunner up d' Ohr, man de was eenklört.
Moder prees de neei Baski un meende:
„De Mütz sücht good ut un is best bi koll Dagen."

Mien groot Brör gniffelde sük een un meende quaad:
„Wenn du de updeist, dann sücht man heelneet dat dien Kopp holl is." Ik hull lever de Kibbel.
De Mörgen kwamm, waar mi dat Ding driest up een Sied van d' Kopp drückt wurr, man ik see keen dwars Woord. Moder meen noch:
„Kiek, sömmerdags settst du de moi flach up de Kopp un swinters treckst de eenfach wat deper, de is warm un heel modern." Ohn' Tuten un Blasen stappde ik mit de Intellektuellenkappke to d' Huus ut.

Namiddags hett Oma uns Moder aver stoken, dat se de elegant Haube man weer wegbrengen sull.
„De Ruugfröst was up kahl Kopp na de School un de neei Baskenmütz lagg heel Vörmiddag in dat Gatt van't Kellerfenster."

Lotterie

De Muusnüsten, maal in d' Lotterie to winnen, hebb ik al lang ut mien Gehögen feegt un segg mi, well spölt hett al verloren. Mien Gudrun sücht dat aver heel anners un meent, dat dat för een, de noch Fantasie hett un geern drömen mag, ja bloot een Los köst. Wenn ik hör dann tegenproot:
„Riek, heet neet glückelk wesen un du nimmst dat Leven doch, as dat löpt un neet as dat wesen kunn. Ut wat för'n Grund dann Lotto?"
Dann meent se: „Ich mache das ja mit kleinem Geld, Einsicht und Verstand!"
As Ollske nu annerlesdens een Dusel harr, heel blied mit hör Lottozeddel wunk un mi verklaarde, dat se veer recht harr, trüggel ik:
„Daar krieg ik ja seker wat van!"
Do fuchtel se mit beid Hannen un prootde heel anners:
„Nein, auf keinen Fall! Was du wohl glaubst, ich musste ja schließlich auch investieren!"

Up Rent

Genau 45 Jahr stunnen wi uns Hohner- un Kaninenbedriev vör un brochen de Eier un Deren ok sülvst an d' Mann.
Lesd Sömmer, as wi uns Kaarten vull harren un Rent kriegen kunnen, brochen wi de Proot bi uns Kunnen daarup, dat wi de Bedriev in d' Harvst, dicht maken wullen. Wi sülvst, un de meeste Eierofnehmers muchen daar neet anto, kunnen dat neet verstahn, dat wi 't togeven un uns würkelk verofscheden mussen.

Prompt harr de een un anner 'n Raadslag, wo ik mit dat Leeglopen anmuss: „Dann legg di man een Hund to." „Kannst ja Nordic-Walking maken." „Een Wellnessurlaub deit di good." „Du kannst mit uns Angeln, Modellbauen un Kegeln." „Massage un Yoga is neet verkehrt."
Annern raden: „Kiek in de Veranstaltungskalenner, na Reisen, of een Wannerkreis. In dien Fall was een Literaturkring angebrocht. Blot Fernsehkieken, dat kann 't neet wesen un för de Rollatorführerschien büst du noch to flügg."

Een Mann ut Westfalen, de oller is as ik, man noch heel rüstig, froog: „Bei so einem Job bekommt man auch eine Altersversorgung? Ich meine, Eier verkaufen könnten sie auch noch im Ruhestand!"

Een jung Frau in d' Stadt wees aver Mitgeföhl un meende: „Ja, das verstehe ich, und ein bisschen Ruhe haben sie verdient. Aber was machen sie denn dann mit den ganzen Eiern?"

De Poort stunn froger neet still.

So of so

Lesd' Jahr was ik noch in „Amt un Würden", kwamm völ unnerwegens un maal daarover to, as 'n paar Wievkes, bi 'n Koppke Tee satten un over hör Krankheiden prootden. Se harren dat drock mitnanner un hör Menen gung daarhen, dat de Dokter nix Goods mehr verschreev, umdat de Krankenkass ja neet betahlen wull. De grootste Rappel schull sogaar:
„Ja, de arm is, mutt froher starven!"

Nu is dat ja so, waar twee, dree Fraulü sük enig sünd, daar is Bugen beter as Breken un man sull sük in Acht nehmen. As ik nämlek insmeet:
„Dat will 'k jo seggen, Krankheid word twaar dür, man Gesundheid is neet to betahlen un de heel Rieken, de dat finanzeren könen, sünd neet to benieden, de moten völ langer lieden!"
Do was 't sowied, de Bebeckde gierde kört up, as wenn se stoken wurr:
„Büst du nu heel un dall van de Padd of? Musst di neet inbilden, dat de Dokter uns mit sien Pillen neet mehr komen mutt!"

Ok swart Schapen duken up

Hebb ik Kummer un Sörg, kann ik de am besten bi 'n Koppel Frünnen up Tafel smieten. So 'n Gemeens- kupp is as 'n Boot, waar elk maal rudert.

Wenn ik mit 'n Saak neet klaar koom, gah ik liekut up de nahste Padd na hör to. Pack ik dann ut un de Brörs smüstern over mien Ungemack, weet ik, dat de ok al sowat dörstahn hebben. Meestieds worr ik daar dann mit klaar, bovendien bün ik seker, dat mien Problem neet unner d' Lü kummt.

In so 'n Kring löppt dat all vullkomen rund, daarum fallt een, de noch kantig is, gau up. Hen un her sitt ok 'n swart Schaap unner uns, de noch Hoken un Hörns hett un sük na buten hard wiest. Dat heet ja, wo swarter de Schapen, so bunter hör Drieven.

Ik hebb 't unnerfunnen un slaa vör, neet twalv hen- nig Flinten in twalv Sacken to schuddeln, nee, de Flinten mutten all in een Sack, dann sliepen de sük annanner of. Een unrüstig Seel find dör 'n open Proot sien Free, word slicht in Doon un Daad, kummt to 'n evenredig Natür un up 'n good Padd.

Al 'n lüttje Malör kann dat swart Schaap ut de Ach- terdör jagen, man wenn he bit an de Hals d'rinsitt, ok weer upduken. Dat Scheppsel dürt dann dat Dunker un de Dood achter sük smieten un klook un schlohwitt worden.

Een swart Schaap is lever een Dag
een Löw, as hunnert Daag een Schaap.

En Krankheid kummt fell un geiht sacht

Unverwachts broch man mi, as wi uns Bedriev noch in d' Gang harren, nett in de Paaskeweek, mit Krankenwagen in 't Krankenhuus. Na mien Menen kunn ik dat ja heelneet wachten, man ik harr so 'n Nösblöden, was dusig in d' Kopp un sach in d' Krankenhuus, waarhen ik ok keek, blot noch Elend un Kranken.

För mien Gudrun was dat de grootste Stress, umdat uns Kunnen up hör Ostereier wachten un wi uns ok ja för dat Geschäft rüst harren. Anner Dag gung mi 't al beter un ik meende, man hull mi unnödig fast un prootde mi krank, umdat leeg Bedden ja dür worden. De Dokter wull aver keen Risiko ingahn un mook mi klaar, dat mien Blooddruck in 't Ostergeschäft wall nochmaal hochfluppen kunn.

Völ Bekennen keken in de Week blied bi mi in, wullen mi bedaren un de Schwesters wassen ok heel bi d' Hand. Ik harr aver dat Ostergeschäft in d' Kopp, leet mien Ogen runden un sach blot noch allerwegens unverschaamt Gesunnen!"

En körl vörsörgen

As de Minsken in Oostfreesland mehr wurden un de Armood tonamm, reep man, um 1850, de Dodenladen (Sterbekassen) in 't Levend. Bi 'n Starvfall hulpen de, dat de Kösten na 'n Begrävnis neet to fell uplepen. Dör 'n lüttje Bidrag, kunn elk 'n körl vörsörgen. Dat was de Lü domaals mackelk för 't Gemood.

Vandaag weet de Vörstand van so 'n Kass, dat dat Jungvolk, wat noch neet recht dörbacken is, sük in keen Wies mit de Dood befaten mag. Hören uns Nakomen dann ok noch, dat de Bidrag, wenn se hunnert Jahr leven, hoger uplopen kann, as wat utbetahlt word, maakt man lever annerswat mit sien Geld. Bovendien steiht in de Statuten, de uttreden deit, kriggt nix.

Annerlesdens was ik bi 'n oll Mann, de dat Fien al so 'n körl ofgeiht. Wi kwammen up Geld un Dood to proten un de good Blood hiemde, umdat he de Borst so vull harr:

„Ik bün gewahr worden, dat Kassenversammeln is, daar mutt ik egentlik hen, man ik bün d'r her, kann neet mehr. Du kennst mi, froger kunn ik neet Stücken of Dood, man nu was ik twee Week so elennig, bün bold verreckt. Ik wurr d'r benaut bi, 'n Dokter wull 'k neet over Deel hebben, umdat de Aptheker een mit sien Drüppen un Pillen ok wall to snieden weet. - Is doch wahr! Un mien „Schipp" sitt al up Grund, daarum hebb ik bi de Vörsitter van d' Kaas anropen. - Wat lövst d' wall, de Brör wull mi noch neetmaal mien halv Starvgeld utbetahlen."

Alleen un eensaam

Al vör Jahren wurr mi vör Ogen föhrt, dat Eensamkeit 'n Quaal wesen kann, is aver tovöl Loop un Gedoo, dann will de Minske sien Ruh hebben. In 't Oller kann dat Unnerfinnen up elk daalkomen un uns sull bewusst wesen, dat man sük sogaar unner Minsken alleen föhlen kann.

Lang kwamm ik bi 'n goodmodig, oll Daam, de neet mehr recht sehn un hören kunn, hör Verstand was immer recht scharp, man se kunn nu bold neet mehr alleen wesen. Dat Minske was leddig bleven, 'n Stück of wat wiedloperge Verwandten leevden in 't Utland.

In de Week, as se 93 Jahr wurr, harr se an Post nix as een Kaartje un klaagde mi tegenover: „Jetzt musste ich so alt werden, um zu erleben, dass sich kein Mensch sehen lässt und zu erfahren wie entbehrlich ich bin. Ist das nicht schrecklich? Einsamkeit kann zwar gesellig sein, aber nur kurz. Ich habe doch auch gearbeitet, stand mitten im Leben und konnte ein bisschen Geld sparen, aber Zeit und ein gutes Gespräch kann man eben nicht kaufen."

Ja, dat Ollske was immer heel open, ok för Saken buten hör Umfeld, un wuss sük fein ut to drücken. An hör Proten kunn man marken, dat se wat lehrt harr. Se was andonelk, proot snaacksk, aber ok nadenkelk. De Lü, de bi hör kwammen harren keen Tied un hör Leven bestunn blot noch ut Wachten. Mörgens up de Pleegdeenst, um teihn Ühr luurde hör Naberske gau even in, middags wurr dat Eten up Raden inlangt un savends keek de Plegerske nochmaal in d' Sprang na hör. Eenmaal in de Week kwamm ik för fiev Menüten un all Vördelljahr de Dokter.

Ja, 't is so wat, mit hör Gebuursdag wurr de oll Daam dit Maal heel un dall neet klaar un meende: „Glauben sie mir, eine Stunde Zuwendung wäre ein großes Maß an Glück. Heute Morgen, wollte ich mich telefonisch für die Glückwunschkarte bedanken, da sagte mir ein junges Fräulein, das wäre nicht nötig, so etwas geht bei einem modernen, zeitgemäßem Optiker automatisch raus."

To laat,
'n körl Tied un maal kümmern,
harr Lücht brocht in Ollskes Leven.
Spietelk, wenn wi versümen,
annern dat to geven.

Teewater

Froger, as dat Water noch neet ut de Kraan kwamm un sömmerdaags de Grund in Schören lagg, goten de Huusfrauen dat Ofwaskwater neet ehrder weg, as bit se schoon belopen kunnen. Ja, wenn de Back leeg was un de Lü na 'n Kluck Drinken frogen, greep man na Karmelk, of Beer. Slootwater smuck to wreed un muss eerst ofkookt worden. Sogaar de Backer in 't Loog kunn neet anners, un hool tegen sien Will Water mit Jük un Emmers ut een Dobbke. In so 'n Tied, wurden de Regenbacken gehörig baunert.
Wenn bovendien de Kohjen in 't Land stunnen to brullen, wiel keen Supen mehr in de Sloten was, söchde man mit Wilgen na Wateraders un hoopde up 'n Sötwaterwell.

Ut mien Kinnertied weet ik noch, dat 'n Lastauto, mit een Waterfatt achterup, middent in 't Loog stunn un de Loogslü hör Emmers un Bummen full lopen leten. Gaff dat dann maal 'n good Schuur Regen un dat Water flog bi Gulpen in de Regenbacken, was elk blied, dat he neet mehr sünig wesen muss un sük recht hemmeln kunn.

Wunnen was dat Spill 1959, do wurden in 't Loog Waterröhren leggt. Anfangs gungen de Lü wantrauig mit dat neei Natt um un dreihden blot of un to maal de Kraantje open.
Bi uns in de Nahberskupp wohnde 'n Weetfrau, de sük immer van 'n Rentner de Ackers graven leet. Vörmiddags reep se hum to 'n Koppke Tee, man he wull in sien Huus drinken, umdat Tee van dat hard

Kraantjewater ja neet smuck. Namiddags reep Olls-ke de Oll weer un vertellde hum, dat se extra Water upbackt harr. As Oll bi hör in d' Köken satt un sien Koppke Tee drunk, mook he düdelk:
„Süchst wall, Koba, geiht nix over uns lecker, week Backwater!"
Do wuss Nahberske, dat Inbillen slimmer was, as dardedags Koll.

Teewater is knapp un de Back leeg, man sett sük de Wind
in d' Südwesten fast, word uns de Regen gau to Last.

Harm truck de Ogen up sük

Froger wuss man neet anners, as dat de Mannsper-
sonen in 't Loog riegum hör Plichten deen un bi 'n
Beerdigung de Sarg um de Kark to drogen.

Up Karkhoff leten de Dragers de Doodkist dann in 't
Grafft daal. Daarto trucken de Mannlü hör schwart
Anzug an un de Dodenbitter harr för elk 'n Zylin-
der. Was de hoog Hood to groot, kwamm unner dat
Sweetband 'n Striep Zeitungspapier un de Hoot satt.
Spietelk, dat de oll Bruuk, Plichten to doon, vör wat
Jahren instellt worden muss, umdat jung Lü fehl-
den.

Froger harr man al neet soföl Dragers, dat de van
d' Grött binanner passden. Eenmaal leep Harm heel
örnlik, as he leev un löv, lösbannerg unner de Kist,
umdat he man 'n lüttje, fien Keerlke was. As de Sarg
dann daallaten was un de Mannlü mit Zylinder in
d' Hand stunnen, un up de Woorden van de Pastor
luurden, truck Harm all Ogen up sük.

Hum was neet bewusst, dat he de Ring ut Zeitungs-
papier noch um d' Kopp harr. Een Ogenblick stunn
de Sellskupp in een Stück, bit een Schüvke för elk
hörbaar stökelde: „Kiek, Harm mit Heiligenschien!"

Knakenbreker

Bi uns in Oostfreesland, un besünners up de Logen, wassen Minsken van mien Oller meest al maal bi 'n Knakenbreker. So 'n Mann was wat in d' Reken, de gaff sük ok so, dat Hoog un Leeg hum lieden much.

Faak wurr de Gaav, Leden inrenken un Wirbels inrücken in de Familie wiedergeven. De Hülp verrichde de Knakenbreker in d' Achterköken, of Vörkamer. Een Mann, de murk, dat he besünner Hannen harr un Nerven föhlen kunn, hett sük de Grepen sülvst bibrocht. Wat so 'n Keerl kunn, dat harr he van sük ut, un neet blot Minsken profiteerden daarvan, nee, ok Deren.

Vör good dartig Jahr, as uns Wilhelm twee was, harr he mitunner dat Problem, dat een Arm neet wull un mien Frau gung mit Jung na d' Dokter. De kunn nix faststellen un stürde hum na d' Krankenhuus, umdat de Arm röntgt wurr.
Daarmit was 't neet daan, dat Problem gung un kwamm. Wie smeerden de Arm in, dann probeerde mien Gudrun dat mit koll un warm Umslagen, bit wi de lüttje Fent in 't Auto settden un mit hum na de Knakenbreker fuhren.

De Mann was nettakkraat an d' Bummen baunern un reep: „Gaht man na vörn, ik koom futt!"
Daar wurden wi in d' Vörkamer lotst un dat dürs neet lang, do schoov Oll to de Dör in. He visiteerde un beföhlde dat Armke van uns Jung un lövde neet, dat wat vörnannerweg was.

Melkbummen sünd baunert un hangen up 't Rackje.

Dann streek he mit een Finger 'n paarmaal an de
Arm lang un see:
„Wenn dat dameed in Huus noch neet beter is, dann
mutten Ji hier even an lang strieken."
Bedrüppelt satten wi mit de lüttje Fent in 't Auto un
wussen neet, wat wi daarvan hollen sullen. Man Wil-
helm hett noit weer over de Arm klaagt. Vör mi is dat
bit vandaag noch een Wunner.

Nochmaals dartig Jahr ehrder, dat was Anfang van
de 50er Jahren, hebb ik mi bi 't Malljagen maal de
Arm besehrt. Moder kunn 't neet begriepen un wees
mi een heel Tafel Zuckerlaa.

Ik wull ja, man fleutjepiepen, ik greep immer blot mit de gesunn Hand to. Na 'n Stünn settde se mi in 't Fahrradkörvke un wi fuhren na 'n Knakenbreker.

Daar satten wi in d' Achterköken. De Mann bekeek mien Arm, dürs mi daar aver neet an wiesen, dann fung ik an to galpen.
Irgendwennher froog he: „Kannst du ok ‚Aua' seggen?", greep mi un reep, „ik hebbt all!"
Daarna kunn he mi ankomen un ok de Fingers inrenken. Na dat de Mann domaals see, harr ik de Ellboog un veer Fingers vörnannerweg.

Later satt ik blied bi Moder up d' Rad, aamde deep dör un meende: „Good dat wi bi de Unkel wassen! Wiest du mi dameed ok nochmaal de Tafel Zuckerlaa?"

Wat kann dat Beteres geven,

in uns lüttje Leven,

as faste Knaken,

de neet kraken.

Een breed Scheitel

Wenn ik vandaag um mi to kiek un de Haarmoden seh, dann waar ik gewahr, dat ok Mannlü mit heel verscheden Frisuren dör de Welt gahnt. Van blank Charakterkoppen, over de Irokesensnee, jung Keerls mit Geelfrisuren, enkelt Peersteerten un hen un her sogaar noch de good oll Poposcheitel.

In mien jung Jahren, as ik noch tüsken Bigg un Swien was, man de Wichter al een Rull spölden, harr ik ok een lüttje Elvistolle un de Gedank an 'n Glatze mook mi benaut.
Domaals targde mien groot Brör mi: „Du löppst heel froh mit 'n Glatze, hest nu ja al Geheimraatshoken!" As ik dann ok noch bi d' Frisör upsnappde: „De in sien Jögde völ bösselt, de bruukt in 't Oller neet mehr kämmen!", was ik heel un daal van d' Padd of, daarbi sull man Ruh bewahren, umdat Stress sogaar de Utlöser för 'n kahlen Kopp wesen kann.

Vandaag find ik de Kranz um mien breed Scheitel stink normaal un de Tieden sünd vörbi, waar ik versöchde, de kahl Steden to verbargen. Verwunnert kiek ik aver, wenn Mannlü, de noch Dotten Haar hebben, sük de heel Pracht weg raseren. Sogaar Fraulü, mit moi kruus Haar, hebben mitunner so sünnerbaar Lüsten un laten hör Kopp barberen. Daarbi lockden in mien Jögde de Krullen doch, un 'n Fraulühaar truck mehr as teihn Peer.

Nu, waar ik daar over weg un neet mehr bang för 'n Glatze bün, weet ik ok, dat kahlkoppig Mannlü kittig, örnlik un klook sünd, bovendien söllen dat good Famlienvaders wesen. Kahl Koppen sünd vandaag sogaar Kult, ik ligg sotoseggen full in d' Trend un bruuk mi neet dat lesd' Haar utplücken. Wenn man 't recht nimmt, spölt sük dat heel Wark ja blot in de Kopp of un neet up de Kopp. Mann ja, slimm was blot, wenn Elvis sien Smolttopp (Schmalztolle) weer in Mood kwamm.

Früst, Ies is fast, dat is 'n Lüst.

Güstern un vandaag, man wat word mörgen?

An Brannholt was in Ostfreesland in froger Tieden slecht rantokomen. Jüst up Klei dürs keen Boom upslaan, daar mussen Tuffels un Kohl wassen. Daarum böttden uns Vörfahren mit swart Törf. Bit 1900 kwamm de Brand mit Schippen van d' Fehnen, umdat man domaals noch keen faste Straaten harr un keen Kleinbahn fuhr.
Up Rücktour nammen de Moorkers Klei un Mess mit, dat kunn man up de Moorackers good bruken. Ok achter Sliek un Nünners satten de Fehntjers to, un leten hör Schipp buten up Watt drög fallen. Bi Floot seilden se dann mit full Last weer to 't Land in.

Al um 1900 kwamm de Minsken dat d'rup an, de Warmte neet blot dör d' Schösteenbossem to jagen un stellden faste Ovends mit 'n Luftklapp, Askelaa un 'n Backovend up.

Na de 2. Weltkrieg gung man dann mehr up Kohlen un Bricken an, daar satt Knüll achter. Ik weet noch, dat in de 50er Jahren eenmaal in d' Week 'n Kohlenwagen dör 't Loog fuhr. Domaals speerde man in Plewert mit dree iestern Dwarsbomen noch de Lohnen, umdat de neet blutterg un schitterg jaggt wurden. De Slöttel för so 'n Mötboom hool de Keerl, achter 't Peerd, sük dann van de Anliggers, of van de Börgmester.
Uns Kohlenkeerl leevde dotieds van de Kohlenhandel un Melkfahrderee, was flietig un sünig, harr Murr in de Mau un hull an sien Peerd fast, wieldat Deer neet een Leppel Diesel soop.

De Oll reep immer „Kohlen!", noit „Brikett", umdat sien Peerd dann blot unnödig stahn bleev. Wenn de Wagen leeg was, leep dat Peerd up 't Huus an un sien Driever hull up Buck al maal 'n Duuske.

Ja, wat güstern recht was, is vandaag verkehrt. Een Tour harr man 't dann mit Ölje warm, daarna mit Nachtstrom, dann gaff 't Gas. Intüsken proten de Lü van Photovoltaik, Windkracht un Bioenergie.

Moder reep froger noch: „Maak de Teller leeg, dann gifft 't moi Weer!" --- Un nu, nu hebb ik de Schiet, bün bang, dat sük de Lücht um uns Eer to fell up- warmt un loop bovendien mit 'n good Ontje.

Wat gahn d'r 'n bült Kohlen un Bricken dör d' Schösteen.

Dat fromm Spill

Van good Bekennen in d' Loog, is de Enkeljung kunfermeert worden. De Oma un Opa leten sük dat neet nehmen un gungen mit hör Sippskupp, in d' Stadt, na d' Kark. De Ollske vertellde, dat futt bi d' Ingang, in de grood, lütters Kark, elk een Kieselsteen tolangt wurr, de bequem in d' Fuust paßde.

Later, nadem de Pastor de jung Lü de Hand upleggde un in de christelk Gemeenskupp upnamm, kunnen de Karklü de Stenen up d' Altar oflegen. Dör dat fromm Spill sull hör unner Verstand brocht worrn, dat elk sien Sünden ofleggen kann.

De Opa broch mi tegenover aver an un daar was ik heelneet up verdocht, dat he de Kiesel, de na kört Tied leckerwarm, rund un gladd in sien Fuust lagg, as Glückssteen hull. De Keerl is neet van güstern un wuss ok al, wo he de naar Flint weer quiet wurr. He meende nämlek:
„Wenn de Kieselsteen irgendwennher keen Quaad mehr upnimmt un mi neet mehr mackelk in d' Hand liggt, dann kann ik de immer noch, hier bi uns in d' Kark, in d' Kollekte smieten."

Na Spanien

Anfang van d' Jahr flattern uns de bunt Reiskatalogen weer in 't Huus un as ik annerlesdens bi 'n Mann un Frau in d' Köken kwamm, harren de 't over Spanien. De reesluut Huusfrau hull ok, as ik daar bi satt, neet up un was heel weg van de warm Süden. Se beschreev de Gegend in all Klören un prootde van de Minskenslag, waar de Schink noch frisk van de Böhn, van Hand sneden wurr. Bovendien dee se 'n groot Woord over de löß Levenswies van een Kökenchef, de spansk Flamenco-Lieder up Gitarre spölde. Genau so'n groot Woord dee se van de Sünnenunnergang an d' Sandstrand, de lüttje Paden un de nümig, witt Huuskes.

Hör Mann is 'n helen Rieter un satt in sien gries Arbeitsbüx up Sprang, umdat he noch 'n Stünn of wat, bi d' Nahbers, de Upfahrt plastern wull.

He meende blot: „Wat sall ik al weer in Spanien? Hebb lesd Jahr wall mitkregen, dat daar völ kört un of is. Daar kunn ik rund um de Uhr moi wat doon, man ik dürr dann ja blot urlauben."

As de Ollske murk, dat hör Mann sük dwars tegen de Wind stellde un d'r vandör wull, gung se tokehr as mall un gierde achter hum an:

„Dat will 'k di seggen, sull van uns maal een to d' Tied utfallen, dann treck ik na Spanien!"

Up een Buhn na d' Horizont.

Wat d'r insteiht

Dat gifft noch mehr to lesen van Peter Nanninga

Störm sünner Wind

Upwaakt van de Realität geiht Peter Nanninga vandaag mit open Ogen dör dat Leven. He versöcht Swackheiden un Fehlers bi sük un sien Mitminsken to verstahn. Ok wiest he Ungeriemtheiden up, de to 't Leven hören.

To Aamholen worden Ji tüskendör noch animeert van Biller, de Enno Smidt in Öl maalt hett.

120 Sieden - Pries: 9,90 Euro

Stünnen sünner Tied

Peter Nanninga hett weer lüttje Geschichten ut 't Leven grepen un upschreven.

Wat he sücht un föhlt, un wat he ut sien Erinnerung fasthollen hett, deelt he mit sien Lesers.

Mennigeen sall sük wall seggen: Ja, so was dat, dat hebb ik ok beleevt. Bistürt sünd Biller van de ofleevt Heimatmaler Enno Smidt.

120 Sieden - Pries: 9,90 Euro

Beid Boken sünd bi de Schriever to kopen.
Peter Nanninga - Uplewarder Ring 1 - 26736 Krummhörn